ひらめく！作れる！俳句ドリル

岸本尚毅
夏井いつき

祥伝社

高濱虚子選『ホトトギス雑詠選集』からの引用は、朝日文庫版および新樹社版（一九六二年刊）を底本とし、俳句作品・文献からの引用は、原則として漢字は常用漢字、送り仮名は原作に準じて表記し、振り仮名は新仮名遣いとしました。

はじめに

夏井いつき

キシモト博士こと岸本尚毅さんとの二冊目の共著です。一冊目の『「型」で学ぶ はじめての俳句ドリル』を手にして、熱心に学んでくださった皆さんから「二冊目はまだですか」と声をかけていただくことも多かったのですが、お待たせしました！　という気持ちです。

キシモト博士と俳句について語り合っていると、さまざまな示唆をいただけます。なんてったって、キシモト博士の脳内には古今東西とんでもない数の俳句がデータとして入っていて、私があれやこれやトンデモない質問をしても、たちどころに例句が出てきて、分析のヒントが得られる。ほんとに凄い俳人なのです。

今回も、非常に刺激的な体験をしました。

私は「プレバト!!」という番組の俳句コーナーを担当して、芸能人の皆さんの俳句を添削してきました。限られた時間の中、短い言葉で俳句初心者にわかるように説明することに腐心してきました。特に初心者が陥りやすいのが、**材料の詰め込み過ぎ**。これをどう解説すればわかってもらえるのだろうと苦労してきたのです。

十七音詩である俳句を「**言葉の質量**」という言い方で説明できるのではないかと常々考えていたのですが、今回、キシモト博士との議論の中で、それがカタチとなってきたのです。

キシモト博士から「**一句の中にキーワードはいくつ?**」という投げかけがありました。そこから、私の中でもやもやしていたものが、少しずつ整理されていったのです。

言葉には質量がある。俳句にちょうどいい言葉の質量は、二グラムぐらいではないか。二グラムしか入らない器に、初心者は山のように言葉を盛ってしまう。「**俳句二グラム説**」は、その量を客観的に捉えるためのわかりやすい説明と成り得るのではないか。

本書第一章には、キシモト博士とのやりとりの中で、その具体的な検証の仕方が解説されています。推敲（すいこう）がなぜ難しいか。それは、自分の句に対する、世界で一番甘い批評家が自分自身だからです。何らかの客観的な指標を手に入れることができれば、推敲への確かな道が見えてくるのではないか、と思います。

さらに、一冊目に引き続き、キシモト博士出題のドリルが満載です。「チーム裾野」の皆さん、急ぐことはありません。自分の速度で一問一問丁寧に解いていきましょう。俳句の学びは、ワクワクと私たちの前にあります。

二〇二一年五月

この本の目的
——何をどのように俳句にするか？

岸本尚毅

俳句とは何か。ひとことでいえば、十七音の言葉のかたまりです。季語だとか、切字だとか、いろいろありますが、まずは五・七・五の言葉のかたまりを作ってみる。それが第一歩です。

夏草や兵(つわもの)どもが夢の跡
閑(しずか)さや岩にしみ入(いる)蟬の声
五月雨(さみだれ)をあつめて早し最上川(もがみがわ)

『奥の細道』の中で有名な松尾芭蕉の句です。これらの句はどんなふうに十七音の言葉のかたまりになっているのか。それぞれ【夏草、兵、夢】、【閑さ、岩、蟬の声】、【五月雨、最上川】を中心とする十七音です。

「夏草や」の句は平泉のくだりの以下の文章とセットになっています。

義臣すぐつて此城にこもり、功名一時の叢となる。「国破れて山河あり、城春にして草青みたり」と、笠打敷て、時のうつるまで泪を落し侍りぬ。

——精鋭よりすぐった忠義の家来たちは城にこもって武名を挙げようと奮戦したが、それも歴史のひとこま。今はその跡に草が生い茂る。杜甫の「国は亡び、山河はそのままにある。戦に負けた城に春がめぐって来て青々と草が萌え出た」を思いながら、旅の笠を地べたに敷き置き、義経の運命に涙をこぼしながら時を過ごしたのであった。——（岸本訳）

この文章に続き、文章と相対するように「夏草や兵どもが夢の跡」という俳句が書かれました。

このとき芭蕉はどのようにして句を詠んだのか。ここからは想像です。目の前は草が生い茂った古戦場。昔の人たちはそこで命を賭して闘った。悠久の自然から見れば一夜の夢のようなもの。このような情景と感慨をどのように十七音にするか。

まずは一句の核になる言葉（キーワード）を決めたと思います。まずは草。そして兵。今となってはそれも夢だという、夢。季語は夏に生い茂った草、すなわち「夏草」。まずは「夏草や」と上五（最初の五音）に置く。残りの十二音に「兵」と「夢」を入れて「兵どもが夢の跡」。

このような思考が芭蕉の頭の中をかけめぐったことでしょう。このとき芭蕉の頭の半分は眼前の古戦場の景を捉えていた。草が生い茂っているだけです。と同時に、頭の残り半分で言葉を探していた。眼前の景に触発されて浮かんでくる言葉の中から、情景と自分の思いにもっともピッタリくる言葉を拾い出し、それを十七音にまとめる。

このような思考のプロセスを、自分の頭の中に構築する。それが句作りの面白さです。
中身に入る前にもう一言申します。
私の俳句の師であった波多野爽波（はたのそうは）は、現場での一句完成ということを口を酸（す）っぱくして言っていました。その言葉を引きます。

スポーツを為すごとくというところをもう一つ具体的に言えば「言葉が五七五という定型の一つの『塊』（カタマリ）として、一時に、反射的に出てくるような練習」ということになる訳だ。（略）写生してて、五七が出てきてあとの五がスッと出てこずで、後になってあれこれ首を傾げてそこを埋めたり、肝腎（かんじん）の季語の部分がサッと出ないで句会の締切の前になって歳時記をめくっては適当に納まるのを探してるなんてことじゃお話にならんということですよ。

僕は一番始めの頃から十七音の形で書くというやり方でずっとやってきているし、今でも年に何回か、自分の身体が鈍ったと思うと焼きを入れるために意識して一つのものを対象にして徹底的にこれをやる訳です。（『青』昭和五十八年二月号所収、出所『波多野爽波全集』）

爽波の句帳を見たことがありますが、そこには俳句の断片のような走り書きは見当たらず、十七音の形になった俳句が整然と並んでいました。

この本も十七音を一気呵成に作れるようになることを目指しますが、いきなり十七音を作るのではなく、まず五音ができたあとにどうするかとか、一句のテーマを決めて作っていくとか、いくつかのステップを踏んで練習していきます。どうぞご安心ください。

なお、前著『「型」で学ぶ はじめての俳句ドリル』では、多様な表現の「型」と、その「型」に盛り込む中身を思いつくための発想法を重点的に解説しました。この本も「型」と「発想」を基本にしています。ただし、前著が「型」や「発想」のパターンを重視していたのに対し、この本では、**一句のキモになる「キーワード」を見つけ、**

そこから連想を広げてゆく形で一句の「発想」をふくらませる、というプロセスを重視します。他方、「型」については、**「キーワード」を詠み込みながら五七五の形を作ってゆく**プロセスを練習します。

この本一冊だけで手引書として完結していますが、前著とこの本とを併せてお読みいただくと、より効果的に俳句を学べます。

解説のための例句には、前著と同様、近現代の最大の俳人というべき高濱虚子の厳選を経た『ホトトギス雑詠選集』の入選句を用いました。平明で、しかもユニークな作品の数々を、秀句鑑賞の対象としても、ぜひ味読していただきたいと思います。

青嵐

2章 キーワードから作る…041

名月
流れ星

秋の山

4章　キーワードを生かすための省略

山眠る
Z
Z
Z
雪女
冬の山

5章 よくある句から脱出するために 夏井&キシモト博士が答えます……189

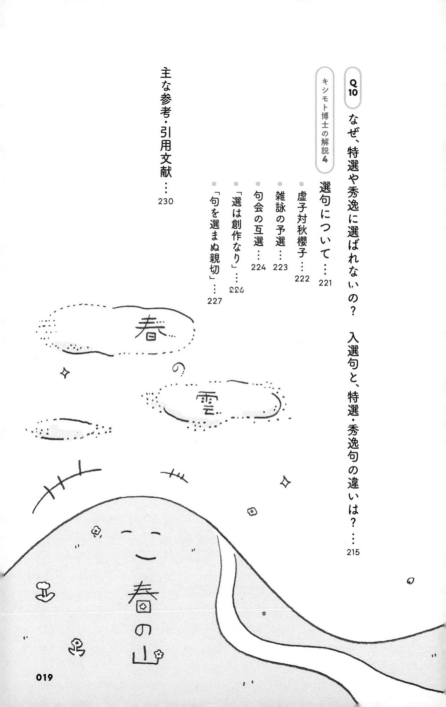

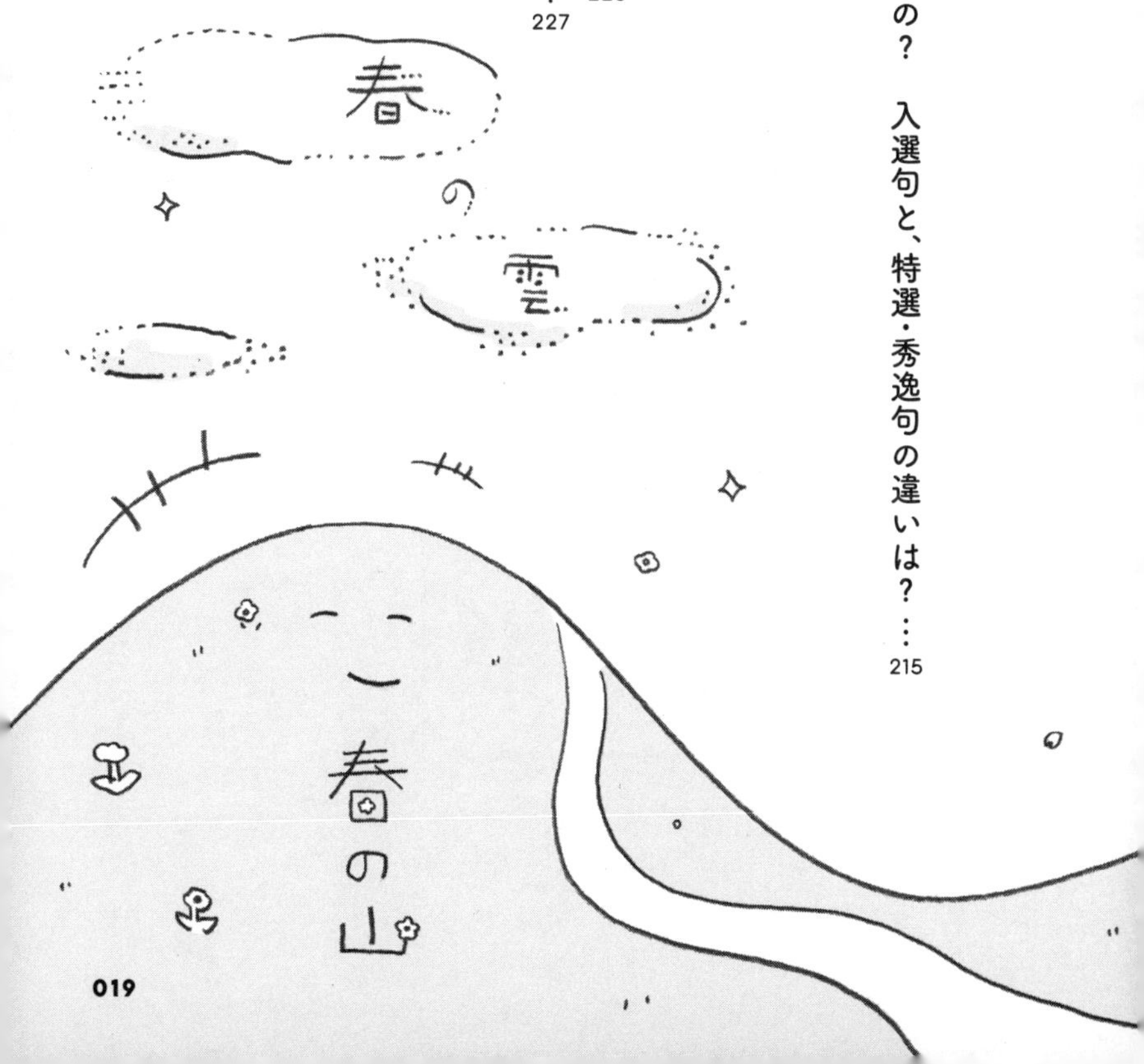
春の雲
春の山

装丁…細山田光宣＋鎌内文
装画・本文イラスト…須山奈津希
編集協力…八塚秀美
校正…亀割潔
ＤＴＰ…キャップス

1章

なぜキーワードが大切なのか？

一気に五七五を作るのは難しい。
キラリと光る、出来のいい句を作るのはもっと難しい！
「俳句を構成する言葉」＝「キーワード」を手がかりに
出来のいい句を作るために、何から始めて、
どこに気を付けたらいいのかを熱く語り合います。

お花を摘むように、言葉探しに出かけましょう

岸本　この本もまた、前の本『「型」で学ぶ　はじめての俳句ドリル』と同じで、一句の俳句を作っていくときのステップを、実践的に学ぶことをめざします。

私自身は、作句の現場で十七音を完成させるという、師匠の波多野爽波の教えを信奉しています。しかし、一気に五七五を作るのは難しい。十二音ができれば、あとは五音の季語を付ければよいというアプローチがあっていい。さらにその途中で「キーワード」を手がかりにすると、俳句が作りやすい。そのあたりから話を始めましょうか。

夏井　まずは**「俳句を作ろう」と思わずに、秋の野原でお花を摘むように「この言葉、なんかちょっといいかも」という感じで言葉探しの旅に出ましょう**、という話ですね。

「私は好奇心や感動がない」と気に病む人がいますが、もちろん感動や好奇心はある

に越したことはないけど、それより「ひとまず、お花を摘むように言葉を探しに出かけてみる」ことのほうが俳句には大事。

普段歩いていると、そこらに雑草が生えていますよね。孫たちが遊びに来たら、車を停めた駐車場からここまでの間に、ちっちゃい花とも思えないような草の花をちぎって、「お土産！」って持ってきてくれたりするでしょ。俳句の種ってそんな「お金はかかってないけど、見つけたからお土産！」くらいの気分でいいような気がするんですよ。

岸本　花もそうですし、ショッピングするとか、虫を捕るとか。道ばたで寝そべっている猫の写真を撮るとか、雑談のネタ探しですね。インスタグラムにご馳走の画像をアップするとか、お酒が好きな人は酒屋に行って新発売のビールを買うとか、ありとあらゆることですね。

夏井　歩いていて、「あ、ちょっとカメラで撮っておきたい」と思うような軽いノリが、言葉探しかもしれない。一〇〇〇円ショップにはあれだけたくさんの物があるけど、立

ち止まる物と、立ち止まらない物があるじゃない。立ち止まった物は、好奇心のアンテナに触れたんですね。同じような感覚で、アンテナに引っかかった言葉をひとまずメモしておくだけでもいいですよね。それぐらいの軽い気持ちでスタートしてみましょう。

「言葉」という食材の選び方を練習します

岸本　言葉探しからスタートして、それを十七音に持っていくのが大変なんですが、あまり十七音にこだわらないほうがいいのでしょうか。

夏井　言葉を見つけたら、あとは「型」が味方してくれます。前の本で練習した「型に当てはめる」というレシピを持っていれば、あとは言葉という食材を手に入れたら料理を作れる。**本書では、言葉という食材の選び方を練習していきます。**

岸本　理想を言えば、十七音のイメージが漠（ばく）とあって、そこに部品として食材が入ってくるとスムーズなんですが、それを求めるのは難しいでしょうか。

夏井　**十七音の漠然とした最終形イメージがあって、そこに食材（言葉）が溶け込んでくる身体**（からだ）**になりたい**ですよね。最初は冷蔵庫の残り物のような言葉しか集められなくても、これと卵二個で何ができるか、そんなトレーニングがこの本でできたらいいな。

岸本　ポン酢をかけて食べようとか、一手先、二手先まで、十七音のイメージが作れると楽しいですね。

夏井　お料理に喩（たと）えるなら、スーパーで食材を買うときに、いい食材を条件反射のように選んでお買い物ができるといいよね。でも最初は誰だってそんなふうにはできないから、ほうれん草一つ買って、「このほうれん草で何の料理ができるかしら？」と考える。そんなふうにコツコツ一緒にやっていきましょう。

一句の中に、「キーワード」は一つ

岸本 そのときに「キーワードはいくつ?」という問があるんですね。食材でも豚肉と牛肉を同じ料理に使うことはあり得ませんものね。キーワードは一つが基本なのかもしれません。

夏井 キーワードって……要素のこと? 私は、**メインは一つ**だと思うんだけど。

岸本 たとえば、刺身の盛り合わせだったら、赤身と白身とイカとか、単品の卵料理だったらオムレツとか、カレーの肉は一種類であとは野菜だとか、料理には統一感や中心の素材があるんですね。俳句も同様に、まず中心は一つと決めたほうがいいでしょうか?

夏井 「豚肉」というキーワードが一つあったとき、「生姜焼き」なら生姜は出てくるけど、豚肉ありきの生姜焼きだし。さっとお湯をくぐらせて大根おろしとポン酢でいただくのだって、主役は「豚肉」。小さな付け合わせや調味料は、俳句の音数でいえば三音分の味付けなわけですね。じつはその三音分が「えっ、ここでキムチ!?」みたいに強烈だと、そこに食いついてくる人もいる。

だから「キーワードはいくつ?」と聞かれたら、やっぱり**キーワードは一つで、そこにスパイスとか調理法とかが、三音分ぐらいの個性になっていく**という感じかな。

岸本　一般的に、題詠は一つの言葉です。一つの言葉に補助的な言葉を組み合わせて一句に膨らますわけで、取り合わせといっても「一」があっての「二」だと言ったほうがわかりやすい。あと、季語については、季語を添え物として使う場合と、季語＝キーワードの場合と両方あります。また、キーワードは名詞以外もあるかもしれませんが、基本は名詞ですね。

夏井　はい、最初は名詞からやってみましょう。自立語の中でいちばん脳が整理しやすいのが名詞ですから。でも自分が心惹(ひ)かれる言葉であれば、いつか、形容詞や動詞や、時には助動詞でも「これが使いたい」となるかもしれないし、さらに中七(なかしち)に「なり」

を使って句を作りたいとか言い出すようになりますよ。

岸本　「**まずは名詞**」という入り口を決めたほうが、初級の方にはいいでしょう。

夏井　トレーニングなら、「目の前にあるものの名前を一個、書いてみましょう」からでいいんです。たとえばコップ、牛乳。そしたら、もう上五ができちゃってますよ。「牛乳は」とか、「紙コップ」とか、そこから練習していきません？　はじめに言葉ありきですよ、聖書が言ってます（笑）。

総重量「二・〇」を一句の中で分け合う

岸本　キーワードを一つ決めたとして、第二キーワードって作りますか？

夏井　**メインを一ポイントとしたら、その半分の〇・五ポイントぐらいのものを第二キーワードとしてくっつけていきます。**サブ的なものですね。
紙コップなら、どこに置かれているとか、何が入っているとか、誰が置いたとか。

朝ですか、夜ですか、とか。周辺を見回して二つ目のキーワードを探します。連句の発想法と一緒ですよね。紙コップで飲んでいるんだろうか、握りつぶしているんだろうか、捨てようとしてるんだろうか、というように連想して二つ目のキーワードを探していきましょう。「探す」と言うと難しいですね。「**線でつなげていく**」と言うほうがぴったりきます。

岸本　一つの花を摘んで、もう一つ別の花を摘むこともあるし、ビールを買ったら、そのつまみを何にしましょうというふうな感じですよね。それでも、やっぱり二つなんでしょうね。俳句のサイズからすると、三つは多い？

夏井　二つでしょうね。一と〇・五ぐらいかな。「一」があって「〇・五」が何かを添えてくれるっていう感じ。

岸本　どっちかが季語になるのかな。

夏井　季語が「一」のときもあれば、そうでない場合もありますよね。芭蕉の「**古池や蛙飛（かわずとび）こむ水のをと**」では、「古池」が一で「蛙飛こむ」と「水のをと」が〇・五ずつ。

この句は「蛙」が季語としてあまり匂わないというか、春の季節感を感じないのは、「古池」が一で、「蛙」や「水のをと」が〇・五になっているからかもしれない。

岸本　「山吹や蛙飛こむ水のをと」を「古池」に変えたわけで、「山吹」という季語から自由になって「古池」というキーワードを見つけた。この句の本質は「古池」と「水のをと」なんですね。「蛙」は軽い。

夏井　「古池」が一、「水のをと」が〇・五、「飛こむ」とか「蛙」が〇・二とか〇・三とか。**俳句って全部で二グラムあれば何とかなる。一グラムはキーワード。残りを幾つかの言葉が分け合う。**

岸本　言葉の重さですね。季語が〇・三でも別に問題ないわけですね。では「**遠山に日の当りたる枯野かな　高濱虚子**」は、どうでしょうかね。

夏井　うん、すごく面白くなってきた。これは「枯野」が一で。「遠山」もある程度の……。

岸本　〇・七ぐらい……。

夏井 そしたら「日の当りたる」が〇・二で、「かな」が〇・一。でも、この最後の〇・一の「かな」が、とても大事な〇・一グラム分なんです、みたいな感じですね。

岸本 この〇・一は、納豆のネギみたいなものなのかな。

奇をてらった言葉を使うと成功しない？

岸本 質量のバランスが悪い例が『虚子俳句問答』にあります。「水澄める濯纓石(たくえいせき)のあたりかな　岡村浩村(おかむらこうそん)」という句。「濯纓石」(銀閣寺の庭園の石の一つらしい)という言葉だけに興味を覚えて作った句です。「濯纓石」が二グラムのうちの一・五グラムなのかなあ。**奇をてらいすぎて取り合わせを拒絶しているような言葉があると、俳句としてはうまくない。**

夏井 残りの〇・五を「水澄める」と「あたりかな」で分け合っているんでしょう。

岸本 短歌だと三十一音で「濯纓石」を受け止められたのかもしれないけれど、十七音だと「濯纓石」だけで積載オーバーです。パソコンの容量を圧迫しているんだけど使いものにならないデータのようですね。

夏井 奇をてらった言葉って、使うだけで、なんかすごいことが書けたような気になるじゃないですか。これで、新しい句を作ったような気分になるけど、気分だけが浮き上がって、文字がついてきてくれてないとか、ありますよね。ただ、俳句は一筋縄ではいかないから、奇をてらった言葉でも、時々面白い俳句があったりするから、始末に困るんですよね。

岸本 『虚子俳句問答』にこんな例があります。「堀田椋鳥」なる人が、以前「**遊船や座定まりて山動く**」が入選したので「大空が揺るぐぞデッキ籐寝椅子」を投句したらダメだったのはなぜか、と問うた。虚子は、「大空が揺るぐぞ」は「わざわざ誇張していった傾きがあって、面白くありません。そしらぬ顔をしていった洒落(しゃれ)はおかしく、げらげら笑いながらいった洒落はおかしくないのと一般です」と答えています。

季語や固有名詞は「一・〇」に匹敵する重さ

岸本　二・〇を一・〇や〇・五で分け合うというイメージは、俳句らしいですね。

夏井　キーワードという感覚も、季語の場合、二・〇のほとんどを季語が持っていて、残りの〇・一が叙述というときもありますね。

岸本　季語の比重が高いのは一物仕立てですね。「**鎌倉右大臣実朝の忌なりけり　尾崎迷堂**」は季語だけなんですね。

夏井　二・〇の中に「鎌倉」や「右大臣」が入っていて……まるで作品の成分表みたいな話ですね。

岸本　佐藤佐太郎の「冬山の青岸渡寺の庭にいでて風にかたむく那智の滝みゆ」に対して俳句は「**滝の上に水現れて落ちにけり　後藤夜半**」と、だいぶん違う。「**神にませばまことうるはし那智の滝　高濱虚子**」という句もある。斎藤茂吉に「最上川逆白波のたつまでにふぶくゆふべとなりにけるかも」があって、俳句には原石鼎の「**山川に高浪も見し野分かな**」がある。那智の滝や青岸渡寺、最上川という質量の大きい言葉の占める重みが、三十一音と十七音では全然違うんですね。

夏井　言葉の質量が、こういう形で分析されていくと面白いですね。

岸本　俳句の場合、初心の方の句は、はみ出すことが多いです。言葉の合計が二・五ぐらいになって、それを無理矢理縮めると窮屈な句になってしまう。

夏井　**固有名詞も季語も「一」に匹敵する質量を持っている**ことを知っていれば、じゃあどうやって、一句の中で言葉の質量を上手にバランスさせるかを考えればいいということですね。とすると、芭蕉の「**象潟や雨に西施がねぶの花**」は重い言葉がいくつもあってすごい句ですね。

岸本　地名（象潟）と人名（西施）が入っています。この句は「象潟」とかけて「西施」と解く。その心は、どちらも雨の合歓が似合います、という句です。固有名詞も含めて取扱いの難しい言葉が並んでいます。

夏井　質量が多い言葉を十七音の中にうまく配置したら、お互いがお互いの質量をちょっとずつ食い合って、その一句全体では「二」に抑えていくみたいメカニズムですね。

岸本　これも言葉を危うくバランスさせた例でしょうけれど『虚子俳句問答』の中で**「玄界のうねりはとはに東郷忌　笹野香葉」**について、虚子は「東郷忌（日露戦争で活躍した東郷平八郎（とうごうへいはちろう）の忌日）といったことが、大変有力に響いておるので私はとったのでありますが、東郷忌が一般に季題として成立するかどうかは、今後の問題として遺されております」と答えています。「玄界」と「東郷」はどちらも質量が大きい言葉です。

夏井　「東郷忌」の句は質量多過ぎだ。どうやってバランスを取るんだって感じですね。

岸本　これも『虚子俳句問答』ですが、石島雉子郎（いしじまきじろう）の「**ノア丸に老さらばひしうけ答へ**」「**ノア丸を打つ浪高き日なるかな**」を虚子は選にとりました。『ホトトギス』昭和九年四月号の句で、かつて毎冬、千住大橋（せんじゅおおはし）の近くに無料宿泊船が用意されたそうです。聖書にちなんでノア丸と名づけたと前書にあるので、虚子は「ノア丸」を冬の季語と認めました。そういう背景がわかれば「ノア丸」は強力なキーワードです。

これみよがしのキーワードは難しいのですが、中には、中村草田男の「**秋の航一大紺円盤の中**」のように強引な言葉遣いで成功した例もあります。虚子は「**羅漢たち落葉寒しと皆不機嫌　富安風生**」「**窓の下ちゅうりつぷ聯隊屯せり　中村秀好**」「**香水の香ぞ鉄壁をなせりける　中村草田男**」などを入選にとりました。これらは危うきに遊んだ句です。また「**落花生にてよろし一本つけよ　大橋越央子**」「**更衣お前にはちと地味じゃないか　佐藤漾人**」を入選にとっていますが、「後進者の真似るべき性質のものではありません」（『虚子俳句問答』）と言っています。

夏井　危うきに遊べないよね、崖から落ちる……。だから崖から落ちないような足腰を作ってから、遊ばないといけないってことですよね。

岸本　こういう例は、投稿者が「なんでこんな変な句を、虚子先生はおとりになるんですか」と問うて、虚子先生は「皆さん、真似ちゃダメですよ」と答えている。

夏井　「なんでこんな句をおとりになるんですか？」って質問する人もえらい。

仕上がりがいい句は、何が違う？

岸本　本書ではキーワードということを押さえながら一句を組み立てることを考えるわけですが、句の仕上げということで、推敲や選句にも触れてゆきます。ここでは、仕上がりのいい句と、そうでない句の比較を試みましょう。

「**山の湖や秋の蝶とぶ舟の上**」と「山の湖や舟の上とぶ秋の蝶」とではどうでしょうか。虚子の句は「秋の蝶とぶ舟の上」なのですが、「この句が『舟の上とぶ秋の蝶』だったら、句の価値はどうなりますか？」と問われた。虚子は自分が書いたとおりの「秋の蝶とぶ舟の上」のほうが価値が高い、と答えてます。確かに「舟の上とぶ秋の蝶」より「秋の蝶とぶ舟の上」のほうが、舟の上の空間が広がります。

これも虚子自作の推敲ですが、「海原やよるひるとなき雲の峰」を「**航海やよるひるとなき雲の峰**」に直しています。「海原」より「航海」のほうが句の印象が鮮明です。たとえば「甲板やよるひるとなき雲の峰」だと時間の経過の印象が弱い。「船旅や」なら「航海や」と同じ意味ですが「航海」のほうが言葉が引き締まっています。

もう一つ面白い例があって、香積都利子という作者の**「①血を喀（は）くや暫（しばら）く瞳朝顔に」**と**「②喀血のひとみをしばし朝顔に」**のどちらがよいかと問われ、虚子は②のほうがいいと答えています。「血を喀くや」の「や」の切れも捨てがたく「暫く瞳朝顔に」も納得できるんですが、喀血と瞳をセットにした「喀血のひとみ」も魅力的です。

夏井 私も②をとります。①の「暫く瞳朝顔に」の言葉の流れが気になるのと、「血を喀くや」の強調が強烈に残るので「暫く瞳朝顔に」が入ってきにくい感じがする。

岸本 逆に、②は「ひとみをしばし朝顔に」の「を」と「に」の流れが良い。

夏井 「血を喀く」を「喀血」と一挙に言ったことで、何が変わってくるかといったら、「喀く」っていう生々しい動詞とか「や」の強調が無くなって、その分、朝顔のほうにグラム数が来る。さっきのグラム論だと、そういう気がします。

岸本 なるほど「血を喀くや」を「喀血」にすると、質量が減るわけですね。私は人の句を直すとき、「喀血」を「血を喀く」というふうに言葉を分けてみましょうと、よく言うんです。**個々の言葉を粒立てる**というのですが、それは一つ一つの言葉の質量を引き出そうとするんです。「喀血」は逆に、言葉をつないで質量を減らすほうですね。

「血を喀くや瞳をしばし朝顔に」や「喀血や瞳をしばし朝顔に」も考えられますが、「瞳」と「朝顔」にウエイトを置くなら、上五は「喀血の」がいいんでしょうね。

夏井　「喀血のひとみ」って言えそうで、言えないかもしれない。血を喀いて手で覆った口の、その上の瞳が映像として見えてきます。

岸本　「血を喀くや暫く瞳朝顔に」は一＋一＝二になっている。「血を喀くや」が一で、「暫く瞳朝顔に」が一で、一＋一＝二だと「一」と「一」に句が分かれてしまう。「喀血のひとみをしばし朝顔に」だと「喀血」が○・六で、「ひとみ」が○・五で、「朝顔」が○・九とか、句がパカッと二つに割れないように、言葉が絡み合ってるんですね。

夏井　つながりながら最後の「朝顔」の色まで見えてくるような気もするし。

岸本 句の途中で腰折れてしまうような句は、パカッと割った下半分に別の句の下半分をつないでも同じぐらいの句はできそうな感じがする。まだ完成形じゃない印象が残ります。②のほうが「喀血」と「ひとみ」と「朝顔」が渾然（こんぜん）としてきます。

夏井 「の」と「を」と「に」っていう助詞がきちんと仕事をしてくれている。こんな話をしていると時間がいくらでも欲しくなりますよね。

この章で「二・〇グラム」の話が出て、わかりやすくなりました。

岸本 **自分の句を見直すときに「二・〇グラム」という目で見ると、詰め込み過ぎかどうかよくわかります。**言葉を粒立てるというのも質量の話かもしれません。

夏井 そこにグラム数を置いて、見えるようにしましょうってことですね。

岸本 たとえば「山風」より「山の風」のほうが言葉の質量が大きい。

夏井 このあとの章で、一句の質量調整のテクニックがいろいろ出てきます。質量のことを思い出しながら読んでいくと「これはさっきのあれね」ってなりますね。

では、そろそろ始めましょうか。俳句ドリルのレッスン、スタートです。

2章 キーワードから作る

ここまで見てきたように、俳句はいくつかのキーワードで成り立っています。たとえば「夏草や兵どもが夢の跡」だったら、「夏草」「兵」「夢」「跡」といった言葉です。そこで、キーワードからスタートする方法を練習してみましょう。

レッスン 1

キーワードを探す

言葉を決め、そこから一気に十七音の形に持っていくレッスンです。キーワードをどう使うかが頭の使いどころ。

ドリル 1

作り比べ。飛躍できる言葉の組み合わせはどっち？

「ふるさと」「墓参(ぼさん)」の組み合わせと、「色町」「墓参」の組み合わせでは、どちらが面白い句になるでしょうか。

やってみよう／「ふるさと」「墓参」で一句

やってみよう／「色町」「墓参」で一句

ヒント

わかりやすくするためにキーワードは二つにします。

もとの句は、「**ふるさとの色町とほる墓参かな　皆吉爽雨**」です。前著で「ふるさとの色町とほる○○○かな」という穴埋めに使った句です。この句のキーワードは「ふるさと」「色町」「墓参」の三つですが、その中から、二つのキーワードを決めて作り、比べてみましょう。

「ふるさと」と「墓参」で一句。次に、「色町」と「墓参」で一句を作ってみます。季語の「墓参」は墓参り、展墓、掃苔、墓詣、墓洗ふ、などに置き換えてもかまいませんし、キーワードの場所も自由に変えてみましょう。

解答例

「ふるさとの風なつかしき墓参り」
「すぐそこに色町のある墓参かな」
「色町を愛でし故人や墓参り」
「色町にありし某女の墓洗ふ」

「ふるさとに帰りてすぐに墓参かな」
「色町にほど遠からぬ墓参かな」
「掃苔のその夜そぞろに色町へ」
「色町で見かけし僧や墓参道」

岸本 「ふるさと」と「墓参」では、当たり前な内容になってしまい、面白味を感じないですね。「色町」と「墓参」のほうが場面が広がり、面白そうです。

夏井 うんうん。

岸本 句の型を自由に「色町」と「墓参」を一句の中に入れてみると、「色町にほど遠からぬ墓参かな」「色町を愛でし故人や墓参り」「掃苔のその夜そぞろに色町へ」「色町にありし某女の墓洗ふ」「色町で見かけし僧や墓参道」など、それなりの句ができます。

夏井 ここまでくると、「墓参」という季語をいろいろ使ってみましょう、というところまで発展するんですね。

岸本 この例は「色町」ですけど、「色町」のかわりに別なものを「墓参」につけていくと「墓参」だけで句集ができますね（笑）。

夏井 「ふるさと」と「墓参」では面白くないよねっていうのは、取り合わせるときのコツの一つとして言えますね。

岸本 つき過ぎですね。つき過ぎとは、季語と季語以外の部分とが近すぎて面白くない、という意味です。梅と鶯などつき過ぎの最たるものです。

夏井 ええ。**チーム裾野が陥りがちな残念なことの一つに、この「つき過ぎ」があります。**つき過ぎに陥らないコツとしては、「墓参」という季語のイメージの中に「ふるさと」は入っちゃってる、そんな押さえ方をするといい。そして「色町」のほうが絶対面白い、という意識の流れです。

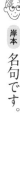

岸本 とはいえ「色町」と「ふるさと」は案外近いような感じもするんです。

夏井 そうですね。田舎の、生まれ故郷の色町なんて、すぐ付きそう。だから「色町」と「墓参」が一句の中で出合ったのは、皆吉爽雨先生の句の大手柄だと思うんですね。

岸本 名句です。

夏井 意外性のありなしを考えて、たとえば「墓参」と取り合わせるには、「墓参」をイメージするような雰囲気の言葉は除いたほうがいいということですね？

岸本 そうですね。その視点で推敲や自選をするという手はありますね。もちろん「色町」と「墓参」は爽雨の名句があるので、コンクールには出さないほうがいい（笑）。

夏井 となったら「色町」と「墓参」で発想を展開していって、「色町」が別の言葉にまで行きついたら、ひとまずセーフティゾーンに入っていくってことですか？

岸本 そうですね。たとえば「色町で見かけし僧や墓参道」は爽雨の句を連想しますけど、「新宿で見かけし僧や墓参道」なら、爽雨の句とはもう切れていますからね。

夏井 うん。そういうところですよね。

岸本 虎の巻的にいえば、「掃苔のその夜そぞろに色町へ」の「色町」を別の言葉に変えればよい。「その夜そぞろに◯◯」の◯◯はどこがいいですかね。「居酒屋へ」はあまり面白くないけど。

夏井 遊ばせるなら、「競艇」とか「パチンコ」とか。

岸本 「掃苔のその夜そぞろにパチンコへ」なんて俗でいいですね。「色町を愛でし故人や墓参り」と作ったところで、「◯◯を愛でし故人や墓参り」で何句でも作れます。「こほろぎを愛でし故人や墓参り」なんて憐れですよ。故人が「ふんどし」の愛用者であったら、「ふんどしを愛でし故人や墓参り」という句もできます。

ドリル 2

二つの言葉を決めて、世界を作る

「大根」と「夫婦」を使って一句作ってみましょう。どんな世界が描けるでしょう。

やってみよう／「大根」と「夫婦」で一句

ヒント

もとの句は「**分家して大根を蒔く夫婦かな　果朶**」です。ゆえあって分家し、一家を構えて仲良く暮らす夫婦。今日は大根を蒔いています。この「夫婦」は作者自身のことにも、よその夫婦のことにも、どちらにも解釈できます。

俳句では、自分のことを他人事のように表現することがあります。**「麦飯に痩せもせぬなり古男　村上鬼城」**という句は、夏、麦飯ばかり食っても痩せないでいる「古男」よ、というのです。「古男」とは世に歳月を経た男という意味。一見、他人のように読めますが、作者が自分のことを自嘲的に「古男」と詠んだと解しても面白い。

解答例

「大根の湯気も夫婦のおでんかな」
「大根と牛蒡のやうな夫婦かな」
「大根を抜くは夫婦よ手から手へ」
「大根を漬けて夫婦の月日かな」
「めいめいに大根提げて夫婦かな」

岸本　「夫妻」ではなく「夫婦」なんですね。余談ですけど、俳句で「老夫婦」をよく見かけます。それを「老夫妻」に変えるとよくなることがあります。

夏井　ああ、本当だ。老夫妻は新鮮です。老夫婦だと決まった言い方なので、新味がない。言葉って不思議ですね。

ドリル3

場面を限定する言葉で作る

「旅」と「黴（かび）」で作ってみましょう。

やってみよう／「旅」と「黴」で一句

ヒント　もとの句は「つゞけゐる旅に黴ゐし舞袴　佐野ゝ石（ちゆせき）」。作者は能楽師です。舞袴は仕舞などを舞うときの袴。旅が続き、袴を干す間もなく、黴が出てしまったのです。

解答例

「黴の宿また黴の宿旅つづく」
「旅衣すなはち黴の衣かな」
「黴青き仏の供物見つつ旅」
「旅の如く飛びゆく黴の胞子かな」

岸本 解答例には、私が作った句を挙げてみました。

夏井 (笑)。

岸本 「旅」と「黴」という場面は限定の度合が強いですね。

夏井 状況を「旅」に限定し、その状況で「黴」と限定すると、場面や小道具は宿とか衣とか、そういうものになっていきますね。

ドリル 4

イメージの強い言葉で作る

「酒」や「夜学」のように強い言葉を使って一句作ってみましょう。

やってみよう／「酒」と「夜学」で一句

ヒント　もとの句は「**先生の酒気のさめゆく夜学かな　五黄**」。「夜学」が秋の季語です。

この句には、「先生」「酒」「夜学」の三つのキーワードがあります。「先生」と「夜学」の取り合わせは当たり前ですから、「酒」と「夜学」で句を作ってみましょう。

私（岸本）の家の近所の高校にも夜間部があり、夜も校舎や体育館の灯がともっています。もとの句のような先生は今はいないと思いますが、一杯ひっかけて教室に現れる。授業をしているうちにだんだん酔いが醒めてくるのでしょうか。

「夜学」というと古風な感じがしますが、夜も開いている専門学校を当てはめてみれば、現代でも通用する季語だと思います。夜の授業は通年であるわけですが、「夜学」の風情は、「秋の夜長」「灯火親しむ」という趣、すなわち秋の感じです。「夜業」「夜なべ」「夜食」なども秋の季語です。

解答例

「酒を酌む約束をして夜学の子」　「酒蔵の奉公人も夜学かな」

「酒くさき生徒を叱る夜学かな」　「盛り場に見たる娘も夜学かな」

「一升の酒に夜学の教師たち」　「愛酒家にして愛書家や夜学の師」

「酒のみに急ぎ帰りぬ夜学の師」

岸本 「夜学」という季語を固定して何と取り合わせたかというと、「酒」及びそこから連想されるもの。作っているうちに、結局は「夜学」の世界になっていきます。

夏井 「夜学」の力ですね。

岸本 映画「男はつらいよ」にも松村達雄（まつむらたつお）が夜学の先生を演じた作品がありました。

夏井 「酒」と「夜学」も近いってこと？

岸本 ある種の雰囲気をまといますね。

夏井 先ほどの「旅」と「黴」が状況を限定していくように、「夜学」と「酒」も場面を限定していきますね。

岸本 逆に言うと、「夜学」や「黴」といった題で詠もうと思えば、決め手になる「酒」や「旅」といった言葉を見つければ、もう句ができたのも同然になる。

夏井 とくに題詠のときは、**題以外にあと一つ言葉を決めればいい**ということですね。

岸本 吟行であっても、同じですね。題を見つけて、題以外にあと一つキーワードを決めればいい。

ドリル 5

動詞を使う

「芋」と「諭す」を使って一句作ってみましょう。動詞を入れると句のイメージがはっきりします。

やってみよう／「芋」と「諭す」で一句

ヒント

「芋」という季語には「芋の露連山影を正しうす　飯田蛇笏（いいだだこつ）」のような格調高い句もありますが、「芋喰ふや大口あいていとし妻　蛇笏」「がくもんに指の白さよ芋の秋　村家（むらいえ）」「肥（こえ）担ぐ汝等比丘（なんじらびく）や芋の秋　川端茅舎（かわばたぼうしゃ）」のような卑俗な趣の句も「芋」

らしい。

もとの句は**「親芋の子芋にさとす章魚のこと　フクスケ」**。里芋は蛸と一緒に煮られるのです。親芋が子芋に「蛸さんは気色悪い格好をしているが、あれでなかなか美味しいので、鍋の中でなかよくするように」と諭しています。

キーワードは季語の「芋」（秋）とし、もう一つを動詞の「さとす（諭す）」にしましょう。芋はジャガイモ（馬鈴薯）、サツマイモ（甘藷）、山芋なども可です。

「諭されて醜女娶りぬ芋の秋　武子」は大正時代の作。誰かに諭されて、気立ては良い娘だからと「醜女」を娶ったというのです。そういう場面に「芋」という季語が合う。「芋ねえちゃん」という言葉も思い出されます。

解答例

「芋を食ひながら我が子を諭しけり」

「我を諭す店の女や芋の秋」

「諭すより殴るが得手よ芋の秋」

「折々は子に諭されて芋の秋」

「焼芋を買うて与へて子を諭す」

夏井　「親芋の子芋にさとす章魚のこと」っておかしいね。

岸本　「諭されて醜女娶りぬ芋の秋　武子」も私の愛唱句です。

夏井　これは今うっかり言ったら……袋叩きにあいそうですね。

岸本　大正時代ですから。で、「我を諭す店の女や芋の秋」は飲み屋の女将（おかみ）でしょうか。古いですね、句の世界が。

夏井　諭し続けてますからね。やっぱり「諭す」って動詞の力が強いんだよ。

岸本　「教諭」の「諭」の「諭す」は目上の人が目下の人に物事の道理を言って聞かせる、という意味が詰まった言葉。いわば、「質量」が大きいのです。

つき過ぎ

つき過ぎについては、私（岸本）が、二十代のときに読んだ波多野爽波の言葉が記憶に残っています。爽波は「水温む」という季語についてぼやいています。

「水温む」という句が随分と沢山出てくるのだが、どうしたことか「水」に関わる言葉（もの）で詠われている句がまた実に多い。緋鯉だ、橋だ、舟だ、バケツだ、釣だなどと、挙げ出したらキリのない程である。…（中略）…二年、五年と俳句を作ってきてなお「水温む」という季題で「水」に関係あるものを詠っているのでは、些かがっかりさせられてしまう。…（中略）…季語が「ツキ過ぎ」であるほど、味気ないものはない。（『青』昭五十七・四）

「ツキ過ぎ」を避けるためにはどうしたらよいのでしょうか。爽波は次のように言います。

・徹底的に一つの季題に食らいついて多くを作り捨ててゆくことに依って、何とか「集中力」の極みにまで到達するような句作り（『青』昭六十三・七）

・「多作多捨」とは、いかにして多くを作り捨てて行って、その過程の中で濁った目（心）がだんだんと澄んできて、その澄み切った目（心）に何が見え、何が浮かぶかを願っての提言であり、「多作」より「多捨」にずっとウェイトをかけた言葉である。（同）

・仮に一つの季題で七句を投句するとしたら、最小限、その三倍は作らねばムリというものであろう。（同）

爽波の言うことは単純です。最初から「ツキ過ぎ」の句を作らないようにするのではなく、「ツキ過ぎ」の句をどんどん作り、どんどん捨ててゆけばよいのです。

キーワードの見つけ方

ここまでのレッスンは、キーワードをどう使うかというものでした。では、何も手がかりがない状態で、そもそもキーワードをどうやって見つければよいのでしょうか。ドリルのキーワードを思い出してみましょう。「墓参」と「色町（または、ふるさと）」。「大根」と「夫婦」。「旅」と「黴」。「酒」と「夜学」。「芋」と「諭す」。二つのキーワードの一方が季語（傍点）、もう一方が季語以外です。

俳句は季語と季語以外の二つのキーワードで組み立てた十七音である。こう考えると、キーワード探しの第一歩は季語探しです。目の前に、身の回りに、歳時記に載っている言葉はないだろうか。蝶、桜、金魚、汗、秋風、月、秋刀魚（さんま）、林檎、紅葉、落葉、寒さ、雪、正月などなど。どこかに季語がころがっていないか。そう思ってキョロキョロしたり、ウロウロしたり、記憶をたどったり。歳時記をめくって気に入った季語を決めて、それを今日の自分の題にしてよいのです。

キーワードの一つである季語が決まったとします。次に、もう一つのキーワードはどうするか。記憶や想像を手がかりに、季語と組み合わせる言葉を見つけてゆくのですが、具体的にどうすればよいのでしょうか。

季語は箱に入れる

ここで芭蕉、高濱虚子という大先達の知恵を借りることにしましょう。芭蕉は句の作り方を、「題を箱に入れ、その箱の上に上がって、箱をふまえ立ちあがって、乾坤を尋ぬる」と説きました（『俳諧問答』）。高濱虚子は『俳句の作りよう』という手引書のなかで、この芭蕉の言葉を実践的に解説しています。虚子は例として「年玉（正月のお年玉）」という季語を挙げます。これが「題」です。

年玉という題で句を作ってみましょう。いきなりこう言われたらどうしますか。年玉についてウンウン唸って考えます。思い浮かぶのは、子どもの頃の思い出です。お年玉としてカルタをもらった。姉は手毬をもらった。くれたのは若い叔母であった。

この思い出からは「年玉にもらひて取りしカルタかな」「大いなる手毬なりけりお年玉」「年玉をくれたる叔母の美しき」のような俳句ができます。年玉以外のキーワードはカルタ、手毬、叔母です。一応、俳句になっています。しかし、それらしいお年玉のイメージをなぞっただけで、さほど面白くはありません。

年玉のイメージをなぞるだけでなく、そこからもっと踏み出したキーワードを得たい。そのための方法として、虚子は、題を箱に入れて云々という芭蕉のやり方を提唱しました。「年玉」という文字は箱の中に入れて見えないようにする、年玉のことはいったん忘れる、その上で広い天地を見回してみましょう、というのです。天地を見回したら、何が目に映るか。虚子はこんな例をあげています。今日は雪が降っている。昨日は地震があった。座右に置いた謡本が「関寺小町」（老女になった小野小町が登場するお能の曲）であった。自分（高濱虚子）の名前には「高」という字がある。

このようにして得たもう一つのキーワード（雪、地震、関寺小町、高）を使って、虚子はこんな作例を示しました。「年玉を貰ひて雪を眺めけり」「郵便の年玉嬉し雪の国」「年玉にゆるく地震る小家かな」「年玉は嬉し地震は恐ろしゝ」「関寺や浮世の人のお年玉」「小町には年玉よりも餅かな（関寺小町の小町は老いて零落し、物乞いになっていた）」「高々と水引かけぬお年玉」「年玉や高家邸の表門（高家とは吉良上野介のような身分の家）」。

年玉そのものを睨んで考えた「カルタ・手毬・叔母」よりも、年玉をいったん忘れて天地を見回して得た「雪・地震・関寺小町・高」のほうが、変化に富んでいます。

芭蕉と虚子の作句法　五つのポイント

ここで芭蕉と虚子が残した作句法をおさらいしておきましょう。

第一に、俳句は、季語というキーワードと、季語以外のもう一つのキーワードを中心に組み立てるものだということを理解する。

第二に、季語を見つける。歳時記をパラパラとめくって季語を知り、気に入った季ここでいったん季語のことを忘れる、という語、気になる季語を拾う。

第三に、季語以外のキーワードを探してくる。ここでいったん季語のことを忘れることが肝腎です。「題を箱に入れ」（芭蕉）とは、頭の中から季語を追い出す、ということを意味します。そして、季語を入れた箱はとりあえず足もとに置いて、箱の上に立って視線を高くし、天地を見回します。天地を見回すというと大げさですが、キョロキョロ、ウロウロすればよいのです。さきほどの虚子の例では、今日の天気や、昨日の出来事や、机の上に置かれた本のタイトルや、あげくのはてには自分の名前の一文字までを季語以外のキーワードに用いていました。

第四に、季語と季語以外の二つのキーワードが揃えば、その二つのキーワードを関係づけながら十七音を組み立ててゆけばよいのです。たとえば「夜学」（季語）と「酒」（季語以外）をどう関係づけるか。ドリル4では「**先生の酒気のさめゆく夜学かな**」をお手本に、いろいろな関係づけのパターンの解答例がありました。夜学の先生が酒に酔っている情景なら、「先生の○○○○○○○夜学かな」の七文字に「酒」や「酔」

という字を入れながら穴埋めを完成すればよいのです。このように説明すると、いかにも机上の言葉の遊びのようですが、このアプローチはかなり広く使えます。こんなときにもたとえば身近な人が病気で心配だという気持ちを俳句に託したい。たとえばこの作句法は使えます。この場合、季語以外のキーワードが先行します。たとえば「人病む」というキーワードを箱に入れておきます。そして天地を見回す。窓の外を見ると、雨の中に紫陽花が咲いている。これで「人病む」と「紫陽花」という二つのキーワードが揃います。このあとは「病む人に」に続けて「病む人に紫陽花の色移りつつ」と十七音を作ってみる。あるいは「紫陽花や○○○○○人の病む」という型を意識して「紫陽花や白き病舎に人の病む」と作ってみる。「紫陽花や」の「や」を改めて「紫陽花を我は切りをり人は病む」といった具合です。

第五に、出来上がった句をどう仕上げるか(推敲、添削)。いくつかある句案のうちのどれを残すか(自選、選句)。この点については後の章やコラムで解説します。

ぶらっと散歩をしながら作ってみよう

「人病む」というようなシリアスな事態ではなく、ぶらっと散歩するような場面でもこの作句法は使えます。通勤でも買い物でもよいのですが、どこかの街角を歩いていた。風鈴の音が聞こえてきた。そこで何とか一句作りたい。風鈴の音だけではなかなか十七音になりません。そこで「風鈴」は箱にしまっておいて、風鈴のある家のたたずまいを眺めます。門、庭、ベランダ、カーテンなど。

ここから先は想像ですが、この家に暮らす人々の暮らしぶり、人物像、人間関係などはどんなふうでしょうか。他人の家をあまりジロジロと見続けるわけにはいきませんので、違う方向を眺めます。足もとの草花。上を見れば青空や雲。私の個人的な経験では、風鈴の鳴る家の近くにはよく墓場を見つけます。墓には花が手向けてある。墓場の道には人に馴れた猫が時々いる。

風鈴と庭の松。風鈴と老人。風鈴とカーテンの向こうにいる住人の気配。風鈴と飛行機雲。風鈴と庭の花。風鈴と墓。風鈴と墓前の花。風鈴と野良猫。風鈴と野良猫の尻尾。風鈴と猫の欠伸。

こんなふうにキーワードのペアを並べ、そのペアの中から好きなものを選んで「型」を拵えてゆく。この手順が身につくと、無限に俳句を作ることができます。

やってみよう／「風鈴」と「○○（何か）」で一句

解答例

風鈴や尻尾立てたる墓の猫
風鈴の音にカーテンのただ白し
風鈴の家の女か子を叱る
風鈴や雀来てゐる庭の松

3章 五音と七音の探し方

言葉の選び方のトレーニングに入りましょう。五音を決めて、その上で残りの十二音を埋める練習です。テーマからのアプローチと、形からのアプローチ、二通りの作り方を試み、残りの五音や七音を埋めて一句を組み立てる発想法を見ていきます。

レッスン 2

五音しか思い浮かばないときの発想法

とりあえず五音までは出てきたけど、残り十二音ができない……。そんなときに役立つ発想法を学びます。

ドリル 6

テーマからのアプローチ

「旅」から連想

「旅衣（たびごろも）〇〇〇〇〇〇〇〇〇〇〇〇」〇に字を埋めて句を完成させてください。
「旅衣」を下五（しもご）（おしまいの五音）に使って「〇〇〇〇〇〇〇〇〇〇〇〇旅衣」も可です。

やってみよう／旅衣〇〇〇〇〇〇〇〇〇〇〇〇

ヒント

もとの句は「**旅衣宇治の川風寒かりき　池内たけし**」です。旅の衣を着て京都の名所の宇治川にさしかかると、わが身に川風が寒かった、というのです。「旅衣」とは少しきざな言葉ですが、旅愁や漂泊の思いが感じられますし、宇治川の合戦をはじめ、歴史の舞台になった「宇治の川風」という古典文学風の趣向によく合います。

もとの句からいっぺんに飛躍できるとよいのですが、なかなかそうもいきません。「旅」をテーマに世界を広げていき、少しずつ句の世界を変えていきましょう。

風の寒さはそのままにして、場面を変えてみます。「旅衣赤城颪は寒かりき」平家物語の宇治川から、股旅物の赤城颪に場面を変えてみました。

あるいは人物を変えてみる。「旅衣寒し寒しと寅次郎」フーテンの寅さんはいつも同じ服を着ています。

今度は「寒い」という季語から離れてみましょう。頭を白紙にして目の前のものを見ると……「霜月の夏井いつきの旅衣」今日の夏井先生は「プレバト!!」収録後の旅姿です。霜月と夏井いつきとが韻を踏んでいます。「霜」という字の冷たさと夏井先生の「夏」の字のミスマッチも面白いのでは。

解答例 「旅衣赤城颪は寒かりき」「旅衣寒し寒しと寅次郎」「霜月の夏井いつきの旅衣」

夏井 「旅衣」の言葉の古さと自分とをどう結び付けるかが、気になるのかもしれない。

岸本 「旅衣」の古いのが嫌だったら、「旅鞄」でもいいですね。

夏井 「旅衣」でやって、旅バージョンに移っていけばいいんだ。「旅鞄」「旅の宿」「旅支度」「旅心」……。

岸本 こうやって、推敲のときに言葉を入れ替えてもいいですね。

夏井 出来上がったものを最後に変えることもOKと言えば、皆さん安心しますね。出来上がったけど「旅衣」を使うのは私の句じゃない、みたいなところを回避できます。

ドリル 7

形からのアプローチ①
下五「なりにけり」

下五を「なりにけり」で固定すると、どんな句が作れるでしょうか。

やってみよう／◯◯◯◯◯◯◯◯◯◯◯◯なりにけり

ヒント もとの句は「**降る雪や明治は遠くなりにけり　中村草田男**」です。「なりにけり」の例句を型で分けて紹介します。

上五で軽く切って、中七と下五を一気に詠むタイプ

露の玉蟻たじ〱となりにけり　川端茅舎
砂日傘暦は秋となりにけり　中村秀好
滝のみち端山をとほくなりにけり　水原秋櫻子

上五から下五まで一気通貫するタイプ

寝冷して意地悪き子となりにけり　斎藤佐香江
黒きもの動きて鱝となりにけり　岡田耿陽

山畑に月すさまじくなりにけり　原 石鼎
風邪の面（つら）たはしの如くなりにけり　迷水
一山の涅槃（ねはん）の雨となりにけり　城 萍花

解答例

「なりにけり」だけでは漠然としているので、一例として「好き（嫌ひ）になりにけり」で作ってみました。

「ほととぎす聞くこと好きになりにけり」「香水の一つが好きになりにけり」
「日焼してこの町好きになりにけり」「日々に食ふ南瓜（かぼちゃ）嫌ひになりにけり」
「はさまれて蟹が嫌ひになりにけり」

岸本 型からのアプローチとして「なりにけり」を使ってみます。

夏井 前の本でも言ったけど、これ、すごい苦手。

岸本　「**黒きもの動きて鱝となりにけり**」などは、形は古風で、いかにも俳句という文体ですが、言っている中身は大したことはないですね。

夏井　あ、これ魚のエイか。「**風邪の面（つら）たはしの如くなりにけり　迷水**」は、すごいなあ。

岸本　「たはし」って、亀の子束子（たわし）なんでしょうね。で、がんばって「なりにけり」を使ってみましょうというわけで、次は「風邪」を使った句に限定してみましょう。

ドリル8

形からのアプローチ②
「風邪の○○」＋「○○○けり」

「なりにけり」だけでは難しいときは、上五を「○○の○○」と置いてみましょう。ここでは「風邪」を詠み込んでみましょう。

やってみよう／風邪の○○○○○○○○○○○○けり

ヒント
「風邪」の例句を紹介します。

風邪の妻耳がきこえずなりにけり　岡村浩村

下五のバリエーション。

風邪の床見舞はれはぢてをりにけり　森川暁水(もりかわぎょうすい)

風邪の犬足ももたげず尿(いば)りけり　相島虚吼(あいじまきょこう)

風邪の犬訴ふる眼をむけにけり　相島虚吼

「けり」止め以外にも面白い作例があります。

ほつれ毛を噛みて起きをり風邪の妻　森川暁水

風邪の顔踏んで這入(はい)りし子猫かな　宮崎草餅

解答例

「風邪の人暮れて淋しくなりにけり」

「風邪の友子供の如くなりにけり」

「風邪の目を雲白々と過ぎにけり」

「老いの風邪命危うくなりにけり」

「風邪流行(はや)る町賑はつてゐたりけり」

「風邪の父老人くさくなりにけり」

「風邪の耳赤々として寝(い)ねにけり」

「風邪癒(い)えてその声艶になりにけり」

「風邪ひいて少しうれしく休みけり」

岸本 上五は「風邪の妻」とか「風邪の顔」とか。下五は、動詞＋「けり」で作ります。「風邪の人暮れて淋しくなりにけり」とか。こういう句は皆さん作れませんか。

夏井 できると思います。まず風邪の下に「人」とか「父」とか「母」とか入れてみる。

岸本 はい、まずそこまでは言葉を固定します。

夏井 体の部位も使えますよね。「耳」とか「目」とか。

岸本 「風邪の日の」もできます。「風邪の日はお粥を食うて……」（笑）。

夏井 「……暮れにけり」（笑）。こんなふうに順番にやればできますね。「風邪の夕」「風邪の夜」だったら時間ですよね。あと何がある？

岸本 「風邪の神」や「風邪の床」。例句の「風邪の犬」は意外性ありましたけどね（笑）。

夏井 「足ももたげず尿りけり」ってすごいですね。目の前で映像が見えてきます。

岸本 「風邪の猫」もいけるかな。とりあえず名詞をどんどん入れたらいい。

夏井 トラとかゾウとか。飼育係さんとかね。

岸本 「風邪のトラ飼育係に甘えけり」なんてできちゃうね。

夏井　できますよね。甘えられたくないけど。

岸本　「風邪のトラ」からあと十二文字、イメージを膨らませていくには、動作とか状況とかを入れていけばいいでしょう。

夏井　解答例の「老いの風邪命危うくなりにけり」は、そりゃそうだろうと（笑）。

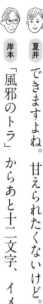

岸本　解答例には「風邪癒えて」とか「風邪流行る」とか「風邪ひいて」も加えてみました。こんな具合に、イメージを発展させる練習を楽しんでもらうといいですね。

レッスン3

似ている季語どちらを使う？

季語の選び方を上五と下五に分けて練習します。

俳句は、季語とそれ以外の二つのキーワードを中心に組み立てた十七音の言葉のかたまりです。

季語と何かを取り合わせた句は、芭蕉の時代から見られるものです。たとえば、芭蕉の弟子で元禄(げんろく)時代に活躍した野沢凡兆(のざわぼんちょう)と内藤丈草(ないとうじょうそう)という俳人に、何の関係もない二つの事柄（季語と季語以外）を取り合わせた句があります。

①　**百舌鳥(もず)なくや入日さし込女松原(こむめまつばら)**　**凡兆**（モズが鳴いた。赤松の松原に入日がさしている）

②　**郭公(ほととぎす)鳴(なく)や湖水のさゝにごり**　**丈草**（ホトトギスが鳴いた。琵琶湖の湖水がう

っすらと濁っている）

松原に入日がさすことと、モズが鳴くこと。湖水が濁ることと、ホトトギスが鳴くこと。これらは意味の上では何の関係もありません。しかしよく味わうと、関係のない事柄が一句の中で出会うことで、そこはかとない詩情が生まれます。①はモズの声によって松原の秋の日暮の気分が際立ちます。②はホトトギスの声と、夏の湖水のどんよりとした感じとが響き合います。

このような取り合わせの詩情を決定づけるのは季語の選び方です。季語がどの程度効果的であるかは、他の季語と入れ替えるとよくわかります。ためしに、モズとホトトギスを入れ替えて見ましょう。「ほととぎす鳴くや日の入る女松原」「百舌鳥鳴くやささ濁りして湖の水」というふうに形は作れます。しかし、もとの句の詩情は失われます。

なぜ「百舌鳥」なのか。なぜ「郭公」なのか。迷いはじめるときりがありません。

どの季語を使うか。どんな季語を取り合わせるか。明らかにこの季語は合わない（カレーに福神漬は合うが沢庵は合わない）という場合もありますが、唯一絶対の「正解」はありません。

歳時記には似たような季語がたくさん並んでいます。目移りします。それでも自分で考えて決めなければなりません（ああでもないこうでもない、と考える過程も楽しいのですが）。

レッスン3では、季語選びに迷うときの頭の働かせ方を、クイズ風の練習によって学びましょう。

ドリル9

季語の使い分け①「無月」と「良夜」

次の句はどれも十五夜の句です。○○にふさわしい季語を「良夜」と「無月」のうちから選んでください。

やってみよう／霧雨の又襲ひ来し○○かな
石階の滝とかゝれる○○かな
人それ〴〵書を読んでゐる○○かな
かけてある芭蕉の文(ふみ)も○○かな

選択肢
良夜　無月

ヒント
「良夜」は月の明るい夜、とくに十五夜のこと。「無月」とは、十五夜に曇ってしまって名月が見られないこと。ちなみに「雨月」とは、雨のために名月が見られないことです。無月は雨月の場合も含みます。

解答

霧雨の又襲ひ来し無月かな　吉田春来
石階の滝とかゝれる良夜かな　坂本春甕
人それ〴〵書を読んでゐる良夜かな　山口青邨
かけてある芭蕉の文も無月かな　加藤霞村

「霧雨の又襲ひ来し〇〇かな」は、「霧雨」なので「良夜」はありえません。答えは「無月」。補足すると、「雨月」だと「雨」の字がだぶるので「無月」が良いでしょう。

「石階の滝とかゝれる〇〇かな」は、上下に長い石の階段が滝のように見えるという意味です。夜の石階がそのように見えるためには、明るい月光が必要です。よって「良夜」です。

「人それぐ〜書を読んでゐる○○かな」と「かけてある芭蕉の文も」は「良夜かな」でも「無月かな」でも、どちらでももっともらしい。しいていえば「人それぐ〜書を読んでゐる無月かな」だと、月が見えないから本を読んでいるという「理」が現れます。「人それぐ〜書を読んでゐる良夜かな」だと、良夜という背景があって、それと関係なく、人々（たぶん家族）はいつものように静かに本を読んでいる。「良夜かな」のほうが、より澄んだ詩情の句になります。

「かけてある芭蕉の文も○○かな」は、芭蕉が書いたものが軸になって床の間に掛かっているのでしょう。芭蕉には「**名月や池をめぐりて夜もすがら**」のような句もあって、芭蕉に思いを馳せながら良夜の月を見るという趣向は素直です。いっぽう無月も捨てがたい。芭蕉には「**霧しぐれ富士を見ぬ日ぞ面白き**」という句があって、見えない富士と同様、見えない月を賞玩することもまた俳諧だという趣向も魅力的です。しいて比べれば「良夜」より「無月」のほうが、良い意味で、より屈折した詩情が得られるように思います。

ドリル10

季語の使い分け②
上五の「○○や」に入る冬の季語は？

次の句はどれも冬の句です。○○にふさわしい季語を、選択肢のなかから選んでください。

やってみよう／○○や千鳥にまじる石たゝき
○○や雪ゆるやかに〳〵
○○や穴の如くに黒き犬
○○や白々として京の町
○○やひそかに人の住みなせる
○○や志賀の浦波道にのり

選択肢
初凪（はつなぎ）　万両　元日　大寒　早梅（そうばい）　寒月　探梅（たんばい）

岸本 理屈で決まる「正解」はありません。取り合わせは「えいや」で決めるしかない。たとえば「元日や」と「初凪や」は入れ替え可能です。「元日や千鳥にまじる石たゝき」でも「初凪や千鳥にまじる石たゝき」でもいい。「万両や雪ゆるやかに〳〵」でも「元日や雪ゆるやかに〳〵」でもいい。「大寒や白々として京の町」でも「元日や白々として京の町」でもいい。

夏井 はい。「元日」としたときと「初凪」としたときと光景が変わってくる。そういうところも考えてゆくとなかなか深いですね。

岸本 もとになった句は以下の通りです。

初凪や千鳥にまじる石たゝき　はじめ
万両や雪ゆるやかに〳〵　筒井東村
寒月や穴の如くに黒き犬　川端茅舎
大寒や白々として京の町　木犀

千鳥のいる景色をよりはっきり見せるのは「元日」より「初凪」。ゆるやかに降る雪片を鮮明に見せるのは、近景として赤い実が見える「万両」。

犬の黒さを強調するには、犬のまわりを照らす「寒月」の明るさが効果的です。

「京の町」が「白々」としているという漠然とした感じを生かすのは「大寒」という大きな季語。「寒月や白々として京の町」にすると、「白々」が月光の形容となってしまい、常識的です。

夏井 残るは早梅と探梅ですね。

岸本 探梅か早梅かという二択まで持っていければ、あとは決断だと思います。じっさいのところ、句作の状況の中で言葉を探していたら「早梅」を思いついたとか、「探梅」を思いついたということだと思うんです。もちろん句ができた段階で「探梅」という季語を確認しようと思って歳時記をめくると「早梅」もあるし「寒梅」もある。そこで推敲のなかで、もっと良い季語があるかもしれない、ということになる。すると「志賀の浦波道にのり」の上五に「早梅」とか「探梅」とかをいろいろ並べてみる。でも、見比べて自ずと答えが出るものでもなくて、結局「えいや」と決めるしかないと思います。あんまり悩んでノイローゼになるといけないですから。

早梅やひそかに人の住みなせる　佐藤漾人（さとうようじん）

探梅や志賀の浦波道にのり　中山碧城

夏井　逆に、句を読む側は、作者が「えいや」って、季語を決めたわけだから、その決めた季語をヒントに読み解いていきましょう、ということですよね。

岸本　ここでのポイントは、**「探梅」には人の動作がある。**だから「探梅やひそかに人の住みなせる」はおかしい。「探梅」は歩き回って梅を探すという行動ですから、「志賀の浦波道にのり」と「探梅」は相性がいい。冬のうちに「早梅」が咲いて**「早梅やひそかに人の住みなせる」**なら句として落ち着きます。「早梅」と「探梅」の二句を比べると、それぞれ季語の性質に応じた使い方になっています。作者がこう決めたんだから、読者としては、それをまず受け入れることだと思います。

夏井　季語の選び方には**「早梅」と「探梅」のような、同じ光景の中で成立しているタイプの比較と、「千両」と「万両」のような語感のイメージが違うものの対比**があります。
「道」という場面を生かすのは、動きのある「探梅」。「住みなせる」という静的な情景と合うのは、動きのない「早梅」なんですね。

解答

初凪や千鳥にまじる石たゝき　はじめ
万両や雪ゆるやかに〱　筒井東村
寒月や穴の如くに黒き犬　川端茅舎
大寒や白々として京の町　木扉
早梅やひそかに人の住みなせる　佐藤漾人
探梅や志賀の浦波道にのり　中山碧城

季語以外の「サブ・取り合わせ」

岸本 十七音に占める季語の割合は大きい。たとえば「**老僧の日々の昼寝や秋の風** 田中王城」は季語の「秋の風」が五音を占めます。

多くの場合、俳句は季語（「秋の風」）と季語以外（「老僧の日々の昼寝」）から成り立っています。これがメインの取り合わせです。

さらに細かく見ると、季語以外の部分も、季語でない何かと何かの「サブ・取り合わせ」でできています。「サブ・取り合わせ」を変えると「老僧の日々の灸（やいと）や秋の風」「学僧の日々の無聊（ぶりょう）や秋の風」のように別の作品になります。

「**やまびこや女ばかりの菌狩（きのこ）** 長三郎」の季語は「菌狩」です。季語以外の要素は「やまびこ」と「女ばかり」です。「サブ・取り合わせ」を変えると「白雲や子供ばかりの菌狩」「山風や翁（おきな）ばかりの菌狩」のように別の作品になります。

「サブ・取り合わせ」をブラッシュアップするには、さきほどの「老僧—昼寝」「老僧―炙」「学僧―無聊」あるいは「やまびこ―女」「白雲―子供」「山風―翁」のように、少しずつ言葉を変えてゆくシミュレーションを行なうとよいと思います。

夏井　「翁ばかりの菌狩」はすごいね。

取り合わせというと、初心の人は「季語」と「季語以外」で止まってしまいがち。同じような句ばかりできて困るんです、と悩んでいる人こそ、季語以外の「サブ・取り合わせ」が差し替えアリなんだと気づいてもらえたら、発想の回路が増えますよね。**「サブ・取り合わせ」の順列、組み合わせは無限に広がってるんだ**という、このやり方を採り入れてみるといいかもしれません。

「老僧の日々の昼寝や秋の風」の句だったら、「そうか、老いた僧でなくて、学僧でもいいし、僧を外して、老いたお嬢様『老嬢』とか『老妻』もアリかな、老いた猫『老猫』でもいいかな」と発想を広げていく。**漢字一文字替えるだけで、人物などの属性ががらっと変わる**ので、日本語って便利だなと思います。

「やまびこや女ばかりの菌狩」が「翁ばかりの菌狩」になった瞬間、声も変わってくるし、足取りも変わってくるし、爺さんたち大丈夫かよと思う半面、いや、この爺さんたちは手練れだよとも。山に入るまでは一緒に行くのに、入った瞬間、単独行動、ばらばらになって、それぞれの爺さんが、自分の菌のありかを知っていて、絶対他の人には見せないみたいな。一人ひとりが山風を聞いているっていうのが、すごく面白いなあと思います。

ひょっとしたら、これ読んだ初心の皆さんから「やまびこや女ばかりの菌狩」から自分は「山風や翁ばかりの菌狩」って思いついたけど、NHK全国俳句大会に出していいですか、という質問が来そうな気がします。どのへんまでOKなんでしょう。

岸本 「女ばかり」が「翁」に……やっぱりパクリですよね、それは。……もとの句がわからなくなればいいのかな。

夏井 じゃ「菌狩」をやめて「桜狩」や「蕨狩」にすればいいってこと?

岸本 「やまびこや女ばかりの桜狩」……選者として「やまびこや女ばかりの菌狩」を知っていて「桜狩」が来たら、これ、やっぱりダメだと思いますね。

夏井 うん、思いますね。どこらへんまで違ったら自分のオリジナルだと言えるのか、その目安があると、作る人が安心するんじゃないかと思いますが……。

岸本 難しい問題ですね。

夏井 型は使いましょう。類型も使いこなしましょう。でも、類想類句はダメ。そのぼんやりとした境目は何だろう。たとえば上五と下五を変えて「何々ばかりの」を使うのはOKですよね。

岸本 「ばかり」はみんなの共通の道具ですね。共通の属性の人間が「何とか狩」を山の中や風の中でする、というパターンは共通のものですね。

夏井 「子供ばかりの磯遊び」とか。

岸本 すると、この議論は選句の側の議論ですね。類句の判断を作者に要求するとたぶん縮こまってしまう。これは選者の責任と見識で判断すべきでしょう。

レッスン4

十二音できたあとの五音を探す発想法

十二音が出来上がったところで、残りの五音を探すコツを見ていきます。五音を入れ替える（推敲する）場合にも使えます。

ドリル11

場所を決める下五

季語の「新涼」と「尻をまくりて」までで十二音は何とかできました。あと五音をどうするか。下五を埋めてみましょう。

やってみよう／「新涼や尻をまくりて○○○○○」

ヒント 「新涼」は秋のはじめの涼しさ。暑い夏が終わったというホッとした気分が感じられます。どこやら田舎の道を歩いていたら急に催して来た。「尻をまくりて」はおそらく用を足すのでしょう。こんなことでも俳句になるのです。

解答例

「新涼や尻をまくりて草の中」

「新涼や尻をまくりて道の端」

夏井 「尻」をケツと読むと意味が変わりますね。ケツをまくって帰りけるとか。全然違う展開になっちゃいます。大阪人は「ケツ」って読む確率が高いかなって。

岸本 「尻（けつ）をまくりて」だと別な句になっちゃう。それはそれで面白いですけどね。

夏井 これを「シリ」と読むということを押さえてからの話ですよね。

岸本 「新涼」と「尻（しり）」の響き合いがいいですね。

夏井 「尻をまくりて草の中」や「尻をまくりて道の端」では飛躍がないですね。

岸本 草や道よりもっと具体的な状況を詠む。そこがポイントです。もとの句は「**新涼や尻をまくりて茄子畑　相島虚吼**」、大正十四年の句です。茄子畑で用を足すという卑俗な素材がなるべく下品にならないような下五が欲しい。新涼の茄子畑は花も咲き、実もなっている。田舎の風景です。「新涼」と「茄子畑」に挟まれた「尻をまくり」は心地よさそうです。

ドリル 12

風景を完成させる下五
俳句らしくない言葉にも
「かな」を付けていいんです

左の句の◯には何が入るでしょう。風景を完成させるつもりで考えてみてください。あえて俳句らしくない言葉を入れてみると？

やってみよう／無花果（いちじく）の生（お）ひかぶさりし◯◯◯かな

ヒント イチジクに実が生(な)っている。木はさほど高くなく、枝は、何かにかぶさるように横に広がっている。これは郊外の風景でしょう。

解答例

「無花果の生ひかぶさりしバケツかな」「無花果の生ひかぶさりし小家かな」
「無花果の生ひかぶさりし地蔵かな」「無花果の生ひかぶさりし祠かな」
「無花果の生ひかぶさりし小道かな」「無花果の生ひかぶさりし畑かな」
「無花果の生ひかぶさりし棚田かな」

岸本 地味な句です。もとの句の下五は「下水かな」なんです。「**無花果の生ひかぶさりし下水かな　赤星水竹居**(あかぼしすいちくきょ)」で、昭和五年の句。「生ひかぶさりし」という描写が的確です。また、「下水」などという、あまり面白くないもの（社会のインフラとしては重要ですが……）を、さりげなく詠みこんだところがこの句の手柄です。

夏井　えー？　「下水」‼

岸本　「下水」なんていうものと、家の裏のイチジクという地味な情景をさりげなく詠み込んだ句です。「無花果の生ひかぶさりし」が具体的なので、下五でそれほど飛躍のしようがない。穏やかな風景画みたいな句です。

夏井　目に映る具体的なものを全部詰め込んじゃうと、それはそれで、俳句の質量が重くなってしまう……。

岸本　確かに、いろんなものがあるはずで、その中から「下水」を選んだ。

夏井　上五、中七まで具体的に描いた上で、またさらに下五の別のもので飛躍しようとすると、句がごちゃごちゃになりそうだけど……。

岸本　難しいところですね。

夏井　ただ「下水かな」って微妙に絶妙にいいですね。イチジクは、おおいかぶさって生えるものだし、そこに下水でしょう？　視線の誘導もさりげなくできてて、「下水」と言われたら、においだとか、多少流れているなら、その流れている音だとかが浮かんでくる。「下水かな」って言われた瞬間のドブ臭いような、嗅覚にも訴えかけてくる。

岸本 つまり、物事が面白くなる方向と逆の、地味な目立たない方向に句を持っていくのも一つの手です。「下水」という面白くもなんともないものをあえて詠む。しかも下水などというものに「かな」を付けた。

夏井 「下水かな」と言われた瞬間、解答例の「バケツ」から「棚田」まではかすみます。そこがわかれば、このドリル12で学ぶことはクリアしたってことですよね。

ドリル13

"当たり前"から抜け出すには？

秋の句です。下五の○○○には何が入るでしょう。

やってみよう／朝寒の膝に日当る○○○かな

ヒント

秋深いころは、朝夕の寒さを感じます。そんな朝の寒さを「朝寒」と言い、晩秋の季語です。「朝寒の膝に日当る」とは、ひんやりと晴れた朝、膝に当たる日のぬくもりを感じている。そんな句の残り五音をどう仕上げるのでしょうか。

解答例

「朝寒の膝に日当る生徒かな」
「朝寒の膝に日当る京都かな」
「朝寒の膝に日当る八百屋かな」
「朝寒の膝に日当る海辺かな」
「朝寒の膝に日当る子猫かな」
「朝寒の膝に日当る釣師かな」

岸本　「朝寒の膝に日当る」のもとになった句の下五は「電車かな」です。「**朝寒の膝に日当る電車かな　柴田宵曲**（しばたしょうきょく）」で、大正八年の句。作者は東京の人。「電車」は都電かもしれません。

膝に日が当たってるというのは身近な景なので、いろんなものが付きますね。人物を入れてもいいし、全然違うものを持ってきてもいい。何でも入りますね。

夏井　「夜逃げかな」とか。

岸本　夜に逃げおおせて朝になった。「夜逃げ屋本舗」ですね（笑）。地味な句を下五で一気にドラマに持っていきましたね。

夏井 もとの句や解答例を見ると、「電車」が一番普通っぽくないですか？ ドリル12の例は「下水」がやっぱり一番いいなと思うけど、今度は、もとの句がわかって、「え、電車？」みたいな印象を受けました。

岸本 柴田宵曲という高名な文筆家が作者なんですけど（笑）。

夏井 あ、すみません。でも、普通ですよね。秋も深まってくると、毎日、朝寒の日が当たる電車で会社に行ってるし。

岸本 あまり面白くない下五ですね。飛躍を狙うなら「夜逃げ」とか「入水」。

夏井 「入水」、怖っ。「むくろ」、こえー。

岸本 「むくろ」だと落語の「粗忽長屋（そこつながや）」です（笑）。「仏かな」もありうる。

夏井 「仏かな」だと、「むくろ」と物体は一緒かもしれないけど、見る目が変わってきますね。親近感というか。

岸本 「裸かな」もいけるんですね。

夏井 （笑）。ここは、「電車が一番つまんなかったね」で。

ドリル 14

十二音で言い尽くしてしまった。あと一言を下五で言うなら？

○○○には何が入るでしょう。

やってみよう／柿売つて何買ふ尼の○○○かな

ヒント

「柿売つて何買ふ尼」とは、柿の実を売ればお金になる。そのお金で尼さんは何を買うのだろうか、という意味。小説の一場面のような感じで出来上がった十二音。さらに下五でもう一言何かを言うとすれば、という設問です。

解答例

「柿売って何買ふ尼の暮らしかな」
「柿売って何買ふ尼の齢(よわい)かな」
「柿売って何買ふ尼の日和かな」
「柿売って何買ふ尼の庵(いおり)かな」
「柿売って何買ふ尼のたつきかな」

岸本　物語性のある「柿売って何買ふ尼の〇〇〇かな」です。

夏井　これ、なんかすごいよね。

岸本　もとの句は「身そらかな」です。「**柿売って何買ふ尼の身そらかな　村上鬼城**」で、大正三年の句です。
　ふつうに考えると「暮らしかな」とか「たつきかな」。「齢かな」とか。あるいは風景を入れて「日和かな」。場所であれば「庵かな」。まずはそういうあたりから考えてゆく。

夏井　「身そらかな」になった瞬間に何かもう、この方の人生が一挙に流れ込んでくるような感じがしますよね。「たつき」なら、「あ、そういうお暮らしですね」で終わるし、「庵かな」も、「あ、柿を売って暮らしてらっしゃる庵があるんですね」とか。だけど、「身そら」になった瞬間に……。

岸本 すべてが統合されるんですね、「身そら」という言葉に。

夏井 そうそう。尼になる前の人生も一緒に入ってきますよね。鎌倉の東慶寺（とうけいじ）のようなお寺に駆け込んで、その前には何かいろんな事情がおありで……みたいに、想像が膨らみます。「身そら」ってすごい言葉ですね。

岸本 「身そらかな」というのは大きな下五ですね。「身そらかな」には、川端茅舎の「**親不知（おやしらず）はえたる露の身そらかな**」という句もあるんです。

夏井 それはそれで面白い。「身そら」という言葉が、茅舎の句では一種の自嘲のほうに傾ける装置になってるってことですよね。

ドリル 15

「○○○けり」けなして悔む？　けなして帰る？

もとになった句は大正時代の作品です。○○○には何が入るでしょう。

やってみよう／夜長人耶蘇（よながびとやそ）をけなして○○○けり

ヒント

「耶蘇」はイエス・キリスト。「夜長人」とは、秋の夜長を持て余している人物というほどの意味。「夜長人耶蘇をけなして」とはどんな場面でしょうか。おそらくは西洋かぶれが嫌いな、村夫子（そんぷうし）然たる人物が酒臭い息を吐きながら「キリスト教のどこが有難いんだ」と息巻いている場面が想像されます。さて、耶蘇をけなしてさらにどうしたのでしょうか。そこを考えて十七音に仕上げます。

解答例

「夜長人耶蘇をけなして酔ひにけり」（酔っぱらってしまった）
「夜長人耶蘇をけなして寝たりけり」（他愛もなく寝てしまった）
「夜長人耶蘇をけなして来たりけり」（どこかで耶蘇の悪口を言ってきた）
「夜長人耶蘇をけなして悔やみけり」（反省をしている）

岸本　これは動詞の選択の問題です。もとになった句は「帰りけり」です。**「夜長人耶蘇をけなして帰りけり　前田普羅（まえだふら）」**で、大正五年の句です。言うことだけ言って、さっさと帰っていったのです。「夜長人」は俳句特有の言い方で、夜長の人物です。「耶蘇」も古い言葉ですね。

じゃ、どんなことをしたのかと発想を広げていくと、酔っぱらった、寝てしまった、よそで悪口を言ってきた、反省をした。「笑ひけり」だと悪いやつみたいになる。

夏井 「笑ひけり」もどの字を選ぶかによって変わりますよね。

岸本 嘲笑の「嘲」だと。

夏井 「嘲」だと自嘲のように読めますよね。自分は耶蘇なんだけど、耶蘇である自分が耶蘇をけなすみたいな感じに一字で変わっちゃうんじゃないですかね。「耶蘇をけなして酔ひにけり」もすごいですね。

岸本 参考までに「**耶蘇といへば辞儀して去りぬ寒念仏　石島雉子郎**」という句があります。寒中の行として念仏を唱えながら托鉢をする僧侶が我が家の門前に立った。我が家はキリスト教ですといったら、その僧は一礼して立ち去っていった、というのです。

また「**日永人（ひながびと）事の顚末（てんまつ）見て去りぬ　安田孔甫（やすだこうほ）**」という句があります。日永人は夜長人と同じ言い方です。長閑（のどか）な春の日永、この「日永人」は、何だか知らないが「事の顚末」を見届けて去っていった、というのです。

ドリル 16

「○○○けり」杖は突く？ 使う？ 運ぶ？

月光の美しい句です。下五の「○○○けり」には何が入るでしょう。

やってみよう／月光の走れる杖を○○○けり

ヒント

「月光の走れる杖」とは、杖をついて月夜の道を歩いているところ。つややかな杖に月の光がさし、杖が動くと月光が杖を伝わってゆく。手元の情景ですが、月光が美しい。この美しい景を、下五の「○○○けり」で完成させてみましょう。

解答例

「月光の走れる杖をつきにけり」「月光の走れる杖をつかひけり」
「月光の走れる杖を置きにけり」「月光の走れる杖を立てにけり」
「月光の走れる杖を振りにけり」「月光の走れる杖を倒しけり」
「月光の走れる杖を眺めけり」（ほれぼれと杖を眺めている）
「月光の走れる杖をかかげけり」（月に向けて杖をさしあげた）

もとになった句は「**月光の走れる杖をはこびけり　松本たかし**」で、昭和五年の句です。

同じ作者に「**つく杖の銀あたゝかに蝶々かな　松本たかし**」もあります。ついてゆくのは銀色の杖。春の日差しが杖を輝かせ、あたたかそう。その辺りには蝶々が飛んでいる、というのです。

また「**秋晴のどこかに杖を忘れけり　松本たかし**」という句もあります。いい秋晴だ。おや、どこかに杖を置き忘れてさてしまった、というのです。

レッスン 5

中七を探す発想法

五七五の「中七」を探す発想の練習です。使う型は、「〇〇〇〇〇〇や」です。

ドリル 17

つぎつぎにどこから誰が？

「つぎつぎに」に続く状況を想像して、〇に入る言葉を考えてください。

やってみよう／つぎつぎに〇〇〇〇〇〇〇や〇〇の春

ヒント もとの句は「**つぎ〳〵に窓より顔や城の春　石井瓦雞**」です。天守閣から観光客が顔を出している。「つぎつぎ」と「春」の気分がフィットします。

解答例

「つぎつぎに穴より猫や塀の春」「つぎつぎに物買ふ客や店の春」
「つぎつぎに蝶来る花や庭の春」

夏井 自由度がかなり高い穴埋め問題です。次々に動き出すものとか、次々に見えてくるものを想定すればいいわけですね。

岸本 「つぎつぎに失う友や」とか。

夏井 「つぎつぎに失う友や老いの春」なんて、うわー悲しい。

岸本 「つぎつぎに出でくる蟻や」とか。

夏井 なるほど、「出でくる」か……。それなら「変わる」を使って「つぎつぎに変わる男や」とか？　名詞でいくか動詞でいくかで気分が変わりますね。

岸本 名詞を想定した設問ですが、動詞も可能ですね。

夏井 ドアより、窓より……。面白そうなものが思いつかないですね。

岸本 名詞につながるとすれば、さっきのを入れ替えて、「つぎつぎに男変わるや」というやり方もあります。

夏井 あ、そっちを変えればいいんだ。

岸本 ここに下五を「町の春」とすれば、「つぎつぎに男変わるや町の春」。見るたびに新しい恋人を連れている、町で噂の女、といったところでしょうか。

夏井 (笑)。同様に名詞につなげるなら、「つぎつぎに舟集まるや」とか。

岸本 下五は「海の春」とか。「つぎつぎに舟集まるや浦の春」とか。

夏井 集まる物だけでもいろいろできます。「つぎつぎに旗集まるや」とか。最後の下五でまたガラッと景を変えられます。

岸本 「つぎつぎに旗集まるや国の春」だとオリンピックみたいですね。

ドリル 18

どこの娘？　娘の何？　発想の飛ばし方

○○には何が入るでしょう。状況を想像して○○に入る言葉を数パターン考えてください。発想を飛ばしていく練習です。

やってみよう／○○○○の娘の○○○○や○○の春

ヒント　もとの句は「**宿引の娘の提燈や島の春　山内大刀**」です。日暮れどき島に船が着く。島を訪れた人々のその夜の宿をすすめる宿引が、宿の名や紋の入った提灯を持って声をかけてくる。その中には宿屋の子とおぼしき若い娘もいるのです。

解答例

「船頭の娘の出迎へや島の春」「十八の娘の口紅や村の春」
「四十五の娘の嫁入りや母の春」「代議士に娘の応援や票の春」

岸本 発想はいっぺんに飛躍できないので、少しずつ変えて作りました。一句目ですぐ「代議士」なんて出てこないから、少しずつ助走するというやり方です。

夏井 そういう発想の動かし方って、案外堅実ですね。発想って、飛ばそうとすればするほど、迷路に入っていくじゃないですか。どっちに飛ばしていいのかわからなくなったりして。

解答例の発想の動かし方を見てみると、一句目は「宿引」が「船頭」に、「提灯」が「出迎へ」になったわけですね。あんまり変わってない感じ。

岸本 近いですね。

夏井 でも、次の二句目では「船頭」が「十八」になって、「出迎へ」が「口紅」に変わったので、村の看板娘が「口紅」を引いてるかもしれない、という句になった。三句目は「十八」の年齢を変えて「四十五」に。「四十五」で「嫁入り」という、この切なさが爆発的ですね。はぁー。なるほど。

岸本　そして四句目で「代議士」が出てきました。「娘」と銘打った人物がどんな場面に登場するか、という発想の一例として、選挙の応援を思いつきました。

コラム 3

「○○の春」「○○の秋」

ドリル18で「島の春」という言い回しが出てきました。この形は、今はあまりはやりませんが、これという季語がなくても、句に季節を呼び込むことができる自由度が高く、使い勝手のよい形です。作例を見ましょう。

我子病めば死は軽からず医師の秋　石島雉子郎

死を看取ることに慣れた身でも、我が子が病むと切実である。そんな医師の秋。

看護婦のひまあれば立つ窓の秋　海扇

看護師はちょっと暇があると立って外を見ている。そんな窓の秋。

家系図におのれつけたす老の秋　鎌田薄氷

家系図に自分を書き足している。そんな老人の秋。

呼びに出て子と遊びをり妻の秋　肝付（きもつき）素方（そほう）

子どもを呼びに出たと思ったらそのまま子どもと遊んでいた。そんな妻の秋。

十年前亡くなりしとや人の秋　星野立子

消息を問うたところ十年前に亡くなったという。人のはかなさに感じる秋。

夏井 句を見て、ちょっとビックリしたんですよ。何でもやれるんだって。

岸本 四S以降の水原秋櫻子や山口誓子のようなインテリは、こんな古風な詠み方は敬遠していたようです。

夏井 それはわかるような気がする。

岸本 「妻の秋」とか「人の秋」もあります。「**呼びに出て子と遊びをり妻の秋**」は微笑ましい。「人の秋」では「**十年前亡くなりしとや人の秋**」。本来季節感がないことに「春」や「秋」をつける。面白いことに「○○の秋」が一番多いんです。

夏井 え、そうなんですか。

岸本 この形は、六割が「秋」、三割が「春」。「冬」は少ない。「夏」はもっと少なくて「島の夏」や「牧の夏」など。「百人一首」の「わが身一つの秋」とか業平の「春や昔の春ならぬ」とか、春秋が中心なんですね。「春」に関しては、「春の家」とか「春の人」など「春の○○」という形をよく見かけます。

夏井 「春の家」とか「春の人」のほうがちょっとモダンな感じしますね。

岸本 **「春の家裏から押せば倒れけり　和田悟朗（わだごろう）」**とか、『ホトトギス』にも**「寛大に子と争へり春の人　藤田耕雪（ふじたこうせつ）」**があります。逆に「○○の秋」はいかにも爺むさい。

夏井 でも、「百人一首」の時代から「○○の秋」というテイストは綿々と続いている。

岸本 だから、春夏秋冬を一字入れるとなると、やっぱり「○○の秋」が一番サマになるんです。

ドリル 19

さまざまなどんな春？

左の句の中七を完成させてください。〇〇〇〇には何が入るでしょう。

やってみよう／さまざま（いろいろ）の〇〇〇〇春や主婦老いず

ヒント　もとの句は「くさぐの人形の春や主婦老いず　高田つや女」です。「主婦老いず」は作者自身のことだと思います。とある春の日、人形を身辺に侍（はべ）らせ、少女のように若やいだ気持ちでいるのです。「くさぐさ」という言葉は古い感じがしますので、「さまざま」「いろいろ」に置き換えてみましょう。

解答例

「いろいろの紅さす春や主婦老いず」「さまざまの客来る春や主婦老いず」
「さまざまの試着の春や主婦老いず」

夏井 **「くさぐの人形の春や主婦老いず」**すごいな、この句。

岸本 ある程度の年配の主婦が、子どもの頃に遊んだ人形を並べているという。

夏井 でも、人形を並べて「主婦老いず」って、若やいだ気持ちというよりちょっと怖くない？　「私まだ少女の気持ちがあるわ」って言われたときに、これ同性だから怖いんだろうか。何だろう。ごめんなさい、つや女さん。ちょっと怖いと思ってしまう。

岸本 「主婦」という言葉が怖いですか。

夏井 若やいだというより、「主婦ですわ。どうせ夫にも顧みられないですわ。人形遊びしてますわ」みたいな、捨て鉢な印象を受けます。私が曲がってるんでしょうかね。「主婦老いず」も、「あの奥様ったら」みたいな。他人事（ひとごと）だと解釈するなら、嫌味な感じもしますよね。

岸本 皮肉ですか。

夏井 嫌味な感じを出すなら、「さまざまのランチの春や主婦老いず」。「あ～ら、奥様方、またランチですか」みたいな。

ドリル20

絶壁の上には何がある？

○○○には何が入るでしょう。ついでに下五の季語も変化させます。

やってみよう／絶壁の上の○○○や雪解風

ヒント　もとの句は「**絶壁の上の裾野や雪解風　白峰**」です。「絶壁の上の裾野」とは、手前は絶壁になって切り立っていて、その絶壁を登り切ったところからさらにその遠くにある山の裾野が始まっているのです。裾野の途中が、突然に切り立った絶壁になっているという山の風景を想像します。

解答例

「絶壁の上のホテルや雪解風」「絶壁の上の巌（いわお）や雪解風」
「絶壁の上の椿や雪解風」「絶壁の上の仏や雪解風」
「絶壁の上の卵やとんびの巣」「絶壁の上の男や四月馬鹿」
「絶壁の上の鉄路や夕紅葉」「絶壁の上のお堂や島の春」
「絶壁の上の芝生や日向ぼこ」

岸本 まず「雪解風」を固定します。「絶壁の上のホテル」とか。

夏井 あ、「ホテル」はすぐ思ったな、これは。

岸本 「絶壁の上の巌」とか「絶壁の上の椿」「絶壁の上の仏」とか。

夏井 あるある、うんうん。

岸本 次に下五の「雪解風」を変えてみると、「絶壁の上の卵やとんびの巣」とか、「絶壁の上の男や四月馬鹿」とか。「絶壁の上の鉄路や夕紅葉」は鉄道が走っている風景ですね。「絶壁の上のお堂や島の春」。

夏井 出ました、「島の春」。

岸本 「絶壁の上の芝生や日向ぼこ」とか。

夏井 危険な「日向ぼこ」ですね（笑）。「絶壁」だけじゃなくて「上の」って限定されるわけですね。

岸本 「絶壁の下」だと別の趣の句ができますね。

ドリル 21

よく流行るものは何？

「よくはやる」ものを想像してみましょう。

やってみよう／よくはやる〇〇〇〇〇〇や〇〇〇〇〇

解答例

「よくはやる洋品店やシクラメン」

岸本　もとの句は「よくはやるくすしの庭やしだれ梅　波多野貞女」です。「くすし」

は医者です。

夏井　これいろいろできそうですよね。でも、「よくはやる」が限定しますから、流行るもの、流行るもの……何だろう？

岸本　店ですね。「よくはやる角のそば屋や」とか。「よくはやる緋のネクタイや」とか。

夏井　ファッションやヘアスタイルもありますね。

岸本　「よくはやる○○饅頭や」とか、「よくはやる○○○○チョコや」とか。

夏井　商品名ですね。「はやる」ってけっこう限定するんですね。やっぱり動詞の限定力はすごい。

岸本　たしかに動詞を使う場合、その動詞の主語や目的語になる名詞は、動詞によって限定されます。

ドリル22

萌（も）えた草はどうなる？

草の様子を考えて〇〇〇〇に何が入るか考えてみましょう。

やってみよう／萌えてすぐ〇〇〇〇草や梅の下

ヒント　もとの句は「萌えてすぐ花持つ草や梅の下　本田あふひ」です。この句を少しずつ変えてみましょう。

解答例

「萌えてすぐ踏まるる草や梅の下」
「萌えてすぐ抜かるる草や梅の下」
「萌えてすぐ日当たる草や梅の下」

岸本 もとの句**「萌えてすぐ花持つ草や梅の下」**は、草の芽が出て、その草がすぐに花をつけたんです。ちっぽけな草でしょう。解答例は「萌えてすぐ踏まるる草」とか「抜かるる草」とか「日当たる草」とか。

夏井 萌えてすぐ、草はどうなるか？ 抜かれる、踏まれる、日当たる以外に？

岸本 「萌えてすぐ枯れたる草や梅の下」もあり得ます。「萎(しお)るる草や」もあり得ますね。

夏井 草の状況を考えるんですね。

岸本 「食はるる」もあります。山羊に食われるとかね。

夏井 草の一生を考えるんですね。

ドリル23

だまされて何をする？

〇〇〇〇には何が入るでしょう。

やってみよう／だまされて〇〇〇〇人や市のどか

ヒント　もとの句は「だまされて珠(たま)買ふ人や市のどか　石島雉子郎」で、大正三年の句です。

解答例

「だまされて壺買ふ人や市のどか」
「だまされて振込む人や市のどか」
「だまされて損する人や市のどか」
「だまされてわからぬ人や市のどか」
「だまされてめでたき人や市のどか」
「だまされて悔しき人や市のどか」
「だまされて怒れる人や市のどか」
「だまされて貢（みつ）ぐ男や市のどか」

夏井 何かを騙されたらいいんですね。「だまされて振込む人や」（笑）。すごいな。「だまされてわからぬ人」も面白い。

岸本 「だまされて貢ぐ男や市のどか」は全然のどかじゃない。

夏井 これは騙されたという条件付けだけですもんね。

岸本 「市のどか」が皮肉っぽいいんですね。

夏井 騙されていろんなものを「買ふ人」から始めると、二音で何買いますかっていうレッスンですね。発想が広げやすいですね。「買ふ」を固定したら、珠、壺、株とか二音で買えるものを探します。二音でいろんなものをお買い物しましょう。
そしたら次は「○○買ふ」を変えます。「振込む」「損する」とか。

岸本 だんだん広くしていくんですね、空欄を。

夏井 さらに「振込む人や」を別の「○○○○人や」に変えていきます。「わからぬ人や」「めでたき人や」「やさしき人や」というように性格付けもできますね。さらに「悔しき人や」「怒れる人や」「喜ぶ人や」「泣き出す人や」みたいに、感情を見せるとか。

岸本 「人」という文字も変えられますね。「だまされて土地買ふ老いや」のように。

夏井 そうすると「中七全部を最後は自分で考えてみましょう」となりますね。これいいですね。「だまされて」のあとの最後の「のどか」のおかげで、いろんなものが入りやすくなる。「だまされて」が負で、「のどか」が正だから、何をやってもひとまずうまくいきそうな気がします。

ドリル24

灯を消して何をする？

○○○○○○を埋めてください。

やってみよう／灯を消して○○○○○○や遠蛙

ヒント

もとの句は「灯を消して寝ものがたりや遠蛙　秋海棠女」です。

解答例

「灯を消して君とふたりや遠蛙」
「灯を消して月の光や遠蛙」
「灯を消して冴(さ)ゆる眼(まなこ)や遠蛙」
「灯を消してけふも終りや遠蛙」
「灯を消してわが身たしかや遠蛙」

夏井 「灯を消して」から、見えるものや、自分がやりそうなことを考えていけばいいんですね。

岸本 「灯を消して真白き蚊帳(かや)や遠蛙」とか。

夏井 うん。灯を消してからやりそうなことは?

岸本 「灯を消してなお飲む酒や遠蛙」とか(笑)。

夏井 そう来るか(笑)。うんうん。元の句の「寝ものがたり」が一番普通ですね。

岸本 艶っぽいことを考える人もいるでしょうね。

夏井 このバージョンは喜ぶ人がいますよ。「『灯を消して』からのことなら俺にも書ける」的な人は（笑）。

岸本 斎藤茂吉に「死に近き母に添寝のしんしんと遠田のかはづ天に聞ゆる」がありますね。

夏井 なるほど。そっち方向もありますね。

岸本 「灯を消して棺（ひつぎ）親しや遠蛙」とか。

夏井 すごいな。場面が広がるんですね。

岸本 艶っぽいこと、楽しいこと、シリアスなこと。何でも書けますね。「灯を消して」と「遠蛙」が調和していると、中七は楽なんです。

夏井 上五と下五の調和でいえば、さっきのドリル23の「だまされて」と「市のどか」とはパターンが違いますね。「だまされて」は負で「のどか」が正だった。今度は、「灯を消して」と「遠蛙」が一つの場面として想像しやすいということですね。

ドリル25

風に去るものは何？

中七の○○○○○○を考えてみましょう。

やってみよう／風に去る○○○○○○や丘落葉

ヒント

もとの句は「風に去る失意の友や丘落葉　渡辺水巴（わたなべすいは）」です。

解答例

「風に去る渥美清（あつみきよし）や丘落葉」　「風に去る後ろ姿や丘落葉」
「風に去る犬一匹や丘落葉」

夏井　へぇ、丘落葉。

岸本　丘に舞う落葉というぐらいの意味でしょう。想像があんまり広がりませんね。

夏井　これは上五と下五の気分が近いからでしょう。中七に「渥美清や」がくると、ちょっと空気が変わるけど。

岸本　落葉の丘というとイメージが限定されるのでしょうね。

推敲─虚子に学ぶワンポイントアドバイス①
「季語」と「切れ字」

高濱虚子の推敲から、言葉を吟味していく様子を具体的に見ていきます。

■季語

(1)「季語がうごく」

句の季語がピッタリだと感じられる場合、季語は「うごかない」。他にもっといい季語がありそうだと感じられる場合、季語が「うごく」と言います。

季語が「うごかない」ことを、理屈で説明することは到底不可能です。しかし別の季語を用いたダミーの句と見比べて、ピッタリかを吟味することは可能です。

海女(あま)とても陸(くが)こそよけれ桃の花　高濱虚子

海で働く海女だって陸がいいに決まっている。桃の花が咲き、海女が健やかに見えます。「海女とても陸こそよけれ百合の花」だと、海女よりも修道女に合いそうです。

（2）季語を変える

高濱虚子ほどの俳人も、ときには推敲の過程で季語を変えることがありました。

○卓上に手を置くさへも冷めたくて　『六百句』昭二十二・十二

卓上に手を置くさへも冬めきぬ　『ホトトギス』昭十八・十二

当初「冬めく」でしたが、卓に置いた手の感触を印象づけるため、季語を「冷たし」に改めました。触感の句ですから、「冷たし」のほうがピッタリ来ます。

○木曽川の今こそ光れ渡り鳥　『ホトトギス』大七・十

木曽川の今こそ光れ小鳥来る　『ホトトギス』大六・一

木曽川の大きな景。「小鳥来る」だと個々の小鳥の姿が浮かび、景が広がりません。「渡り鳥」とすると、鳥が渡ってくる大きな時空が想起され、句が大きくなります。

○花に消え松に現れ雨の絲（いと）　『ホトトギス』昭八・四

花に消え松に斜めや春の雨　『ホトトギス』昭七・六

「雨の絲」によって景が鮮明になりました。推敲前は「花」と「春の雨」が季重なりでしたが、推敲後の季語は「花」だけです。「消え」と「現れ」の対句が美しい。

■切れ字

(1)「や」

○冬ざれや石に腰かけ我孤独　『ホトトギス』昭二十六・十一

冬ざれの石に腰かけ今孤独　『玉藻』玉昭二十六・二

初案は「冬ざれの」が「石」にかかります。「冬ざれや」に変えると「冬ざれ」のイメージが句全体に及び、句に広がりが出ます。「今孤独」は、孤独なのは「今」だけ。「我孤独」だと「我」はずっと孤独です。推敲によって「孤独」が深まりました。

（2）「かな」

○秋茄子の日に籠にあふれみつるかな　『ホトトギス』昭二十二・八

門畑の秋茄子の日に籠にみつる　『ホトトギス』昭二十二・一

「門畑」を消し、「かな」を使って句が歯切れよくなりました。

○鎌倉の此処に住み古り初日の出　『ホトトギス』昭三十二・十二

鎌倉のこゝに住み古り初日かな　『玉藻』昭三十二・三

「かな」を消し、「初日の出」という五文字の名詞を据えたことで、下五が重厚な感じになりました。

（3）「けり」

○玉虫の光を引きて飛びにけり　『ホトトギス』昭十三・六

玉虫の光背負ひてとび来り　『ホトトギス』昭十二・八

「引きて」「飛びにけり」に直した結果、句がスッキリしました。

（4）句中に「切れ」を置く

○病む子あり花にも一家楽しまず　『ホトトギス』昭十六・四

花に病む子あれば一家楽しまず　『ホトトギス』昭十五・五

「病む子あり」と上五を切ることで句意がはっきりし、句形が整いました。

（5）さまざまな句末の表現

○この雪に敢（あえ）て会する誰々ぞ　『ホトトギス』昭三十・一

此雪に敢て会する人等かな　『玉藻』昭二十九・五

「誰々ぞ」とするとA君やB君という個々の人に意が及びます。「ぞ」は問いただす口調です。

○手を握り富士の花野に別れけるが　『ホトトギス』昭三十二・八

手を握り富士の花野に別れしが　『朝日新聞』昭三十一・八・二十六

故人とは、手を握って別れたのが最後だったという句意。「別れけるが」は字余りですが、「別れしが」よりも強い口調です。

○川を見るバナナの皮は手より落ち　『五百句』昭十二・六
川を見るバナナゝの皮は手より落つ　『ホトトギス』昭十・一

終止形の「落つ」を、連用形の「落ち」に変えました。「川を見る」で軽く切れるので、「落ち」のほうが句形のバランスがよい。ぼんやりと川を見ているという内容ですから、「落ち」というフワッとした形がこの句には似合います。

4章

キーワードを生かすための省略

この章では「引き算」の練習をしていきます。
言いたいことを詰め込み過ぎると、
何が言いたい何なのかわからなくなります。
何を残して何を省けばいいのでしょう。

レッスン6

言葉を消し、情報量を減らす

このレッスンでは、実例を参考に省略のコツを学びます。

ここまでの章では、キーワードを中心に「発想」をどうふくらませてゆくか、また、「型」をどう組み立ててゆくか、について検討しました。

いっぽう、キーワードを目立たせ、それを生かすためには、キーワードの印象を弱めるような、不要な言葉は極力削ることが大切です。一句の質量を「二・〇グラム」に収めるためにも、何を言わないようにするか、何を省略するかという「引き算」の考え方が、句作の途中で、また、出来上がった句の推敲の過程で役に立ちます。

現実に、初心の方の句を拝見すると、あれも言いたい、これも言いたいと「詰め込み過ぎ」になっていることが多いようです。たとえば、高濱虚子は初心と思われる作者の句について、『虚子俳句問答』の中で次のようにコメントしています。

「前山の藤の白浪瀧をなし」という句は、「藤の花を白浪と形容し、更に滝と形容するのはしつっこい」と。この句、キーワードが「白浪」か「瀧をなし」か絞り切れていません。句の中のキーワードをしっかりと決めて、それ以外の言葉を減らすことで、スッキリ、ハッキリした俳句になります。

「白浪」か「瀧をなし」のどちらかに絞って「前山の藤白々と瀧をなし」「前山の藤の白浪長きこと」とでもすれば、虚子先生から「しつっこい」とまでは言われなかったでしょう。「前山」の「前」を消せば「山の藤白々と瀧なせりけり」と、さらにシンプルな句にすることもできます。

そこでレッスン6では、省略の実例として、高濱虚子が自分の句にほどこした推敲を取り上げ、どのような言葉をどのように消していったかを見ていきます。

(1)動詞をシンプルに

○新しき帽子かけたり黴（かび）の宿　『五百句』昭十二・六

新しき帽子かけ置く黴の宿　『ホトトギス』大十・九

岸本　「新しき帽子」と「黴」がこの句のキーワードです。帽子にまで黴が移って来そうな感じがします。「かけたり」と言えば、「かけてある」という意味になります。無駄と思われる「置く」を消し、句がスッキリしました。

夏井　「かけ置く」は、宿に行ったら、他人の帽子がずっとそこに置かれていたかのような気分です。「かけたり」なら、新しいお洒落（しゃれ）な帽子を被って来てみたら、とんでもない宿だった、うわっ、こんな宿に当たっちゃった、みたいな気分が生々しい。

私も入った瞬間に黴の臭いがする宿に当たったことが何回かあるんですけど、「黴の宿」が出てきたとき、虚子と同様に臭いだけで致命的な気分になる臭いを自分の鼻がキャッチしたような、気持ちになりました。「かけ置く」はなんか違うって、思ったんでしょうね。「たり」がいいですね。今、帽子をかけたところ、になります。

(2)情景をシンプルに

○ふりかへる後ろにも亦（また）春の水　『ホトトギス』昭八・四

振りかへるうしろ窓にも春の水　『ホトトギス』昭七・六

岸本 もとの句は、振りかえった後ろにも窓があって、窓の外に池か川があった。その「窓」を消して「振りかへる後ろにも亦春の水」に直した。すると室内じゃなく、庭園の中の道でもよくて、情景がシンプルになっただけ景色が広がる感じがします。

夏井 ぜんぜん違う句に思えます。俳句甲子園なら、「窓にも」の「にも」への指摘が飛んでくる展開です。家の中にいて、後ろの窓のガラス越しに春の水という光景は距離がありすぎて、春の水が生々しく感じられない。光の分量もぜんぜん違います。「窓にも」の「にも」は気になるのに、「後ろにも亦」はぜんぜん気にならない。

岸本 「亦」に気持ちが入っているんでしょうね。

夏井 「後ろにも」は前にも横にも広がっているっていう、空間を広げる「にも」にな

っています。「亦」がカッコイイ。「ふりかへる」を平仮名に替えて印象を柔らかくして、「後ろ」という方向、空間をより強く意識させる効果となっています。

岸本 漢字と仮名の組み合わせを変えているんだ。芸が細かい。

夏井 漢字はかたまりで目に飛び込んでくる。平仮名は一字一字、一音一音、脳が押さえながら言葉や漢字に変換して意味を捉えるようなところがある。

(3)キーワード以外をシンプルに

○大いなるものが過ぎ行く野分（のわき）かな　『五百句』昭十二・六

大いなるもの北にゆく野分かな　『ホトトギス』昭九・十二

岸本 有名な句ですが、『ホトトギス』に出したもとの句には「北」が入っていました。推敲で、あまり意味のない「北」を消しました。「大いなるもの」というキーワードを生かすうえで「過ぎ行く」という言い方が効果的です。

夏井 「北にゆく」は天気予報みたいですね。北と野分はそんなに悪くないと思うんですけど、「北にゆく」って言っちゃうことで「大いなるもの」という、いちばんキモの部分が薄まり、力が弱くなっている。

岸本 読者の想像力が分散されるんでしょうね。「大きいもので、かつ、北にゆく」とまで思い描こうとすると、どうしても薄まりますね。

夏井 「過ぎ行く」はよく思いつきましたね。「過ぎたる」でも「過ぎをる」でもダメだし。野分っていうものの茫洋とした大きな静かなエネルギーが手触りとしてわかるような感じがする。カッコイイよねえ。三年ぐらいの時間を空けると、自分の句を客観的に見ることができるようになるんでしょうね。

(4)言葉を吟味してシンプルに

○松風に騒ぎとぶなり水馬(みずすまし)　『五百句』昭十二・六
　松風に皆騒ぎとぶ水馬　『ホトトギス』昭三・一
○晩涼に池の萍(うきくさ)　皆動く　『五百句』昭十二・六

晩涼の池の萍動く見よ　『ホトトギス』大十四・八

岸本 「松風」の句と「晩涼」の句は、「皆」を消した例と付け足した例で、対照的です。「騒ぐ」は「皆」がなくても複数のものがうるさくいることがわかる。萍は「皆」があったほうが、動きの様子がよくわかる。

夏井 萍のほうは「皆動く」と言いつつ、動きの幅が違います。

岸本 細かく揺れているんでしょうね、風が吹いて。

夏井 最初の「動く見よ」と言いたい気持ちもわかるし、それなりに飄々（ひょうひょう）とした感じもあって嫌いじゃないけど。「皆動く」は静かな動画のようです。
松風の句は「皆」の二音をどう使うかが難しい。どう生かして何ができるか、最後の仕上げで戸惑ったり、立ち止まったりします。中七「なり」で一回切って、ええっ!?と思った瞬間、「水馬」という季語がぽんと飛び出してくるのが鮮やかです。

(5) 含まれる要素をシンプルに

○ひろぐと富士の裾野の西日かな　『ホトトギス』昭二十七・七

ひろぐと射せし裾野の西日かな　『玉藻』昭二十六・十

岸本　西日といえば、射して来るものです。わざわざ「射せし」という必要はありません。「裾野」から連想される景の広がりが句のポイントです。たんなる「裾野」より「富士の裾野」のほうが、「裾野」というキーワードが生きます。

夏井　「プレバト!!」でも言います。「沈まない夕陽があったら持って来い、射さない西日があったら持って来い」って。こういうのは、フジモン（藤本敏史さん）も指摘します。梅沢のおっちゃん（梅沢富美男さん）は鬼の首を取ったように「先生がいつも言ってるだろう、射さない西日があったら持って来いって、お前、怒られるぞ」と。

(6)焦点を絞ってシンプルに

○秋茄子の日に籠にあふれみつるかな　『ホトトギス』昭二十二・八

門畑の秋茄子の日に籠にみつる　『ホトトギス』昭二十二・一

岸本 茄子なら「畑」は必要ありません。「かな」で歯切れがよくなりました。

夏井 推敲前の句は画角が広すぎるんでしょうね。畑と秋茄子と籠がある。「秋茄子の日」が言いたいのに、門畑から始めるから、クローズアップが中途半端になってしまう。それと、「みつるかな」の「連体形＋かな」は、許容していいんですね。

岸本 百人一首の歌にある「待ち出でつるかな」「にほひぬるかな」とか、山口青邨（やまぐちせいそん）の**「初富士のかなしきまでに遠きかな」**はそれですね。「仲よき事は美しき哉」（武者小路（むしゃのこうじ）実篤（さねあつ）が色紙に書いた言葉）というのもあります。

○胡瓜もみ世話女房といふ言葉　『句日記』昭二十八・七

世話といふ言葉が嬉し胡瓜揉み　『玉藻』二十一・十

岸本 「嬉し」を消し、「世話女房」という言葉を使いました。

夏井 「嬉し」って、これ、自分がそう言われて嬉しいってこと？

岸本 新妻がいそいそと所帯のことをする気分かなと解釈したんですが。

夏井 「世話女房」になると、年齢幅がぐっと広がる感じがしますね。いつまでも世話

を焼きやがって、みたいな感じも少しにおってくるし。

(7)意味が伝わるようシンプルに

○雛の顔鼻無きがごとつる〳〵と　『ホトトギス』昭十三・三

雛の鼻無きが如くにつる〳〵と　『玉藻』昭十二・四

岸本　「つる〳〵と」で形容したいのは鼻ではなく顔全体です。「顔」という言葉を加えると句意が明らかになります。

夏井　「雛の鼻無きが」っていきなり言ったら、鼻がもげているのか、顔がへこんでいるのか、妙な気持ちになりますね。「顔」の後に「鼻無きが」なら、顔の作りがありありと見えますよね。「如くに」の「くに」を二音貯金して「顔」にしたんですね。

岸本　「雛の顔」「鼻無きがごと」と、詰まり加減だけど、言葉の密度が揃っているんでしょう。「雛の顔」で一呼吸あって、句全体としては統一がとれています。

夏井　「顔」がいったんクローズアップされてから、鼻にいきますものね。「無きがごとつる〳〵と」という調べ、リズム、韻律がするっとしています。

○来るとはや帰り支度や日短　『五百句』昭十二・六

来（きた）るより帰り支度や日短　『ホトトギス』昭和九・一

岸本　「日短」は「ヒィミジカ」「ヒッミジカ」と五音のように発音します。

夏井　「来るより」って言ったら、持ってきた物をぼーんと置いて帰り支度をするような感じで、なんか薄情な感じがする。「来るとはや」は、一回来てくれて、小さく話をして、「わあ、もう、はやこんな時間」っていう感じがするけど。

岸本　「来るより」は最初からすぐ帰ろうという了見です。「はや」のほうが、句が優しくなりますね。

夏井　「お母さん、大丈夫? ご飯、食べてる?」とか言いながら、「来るとはや」のほうが、親子かどうかわからないけど、なんか優しさが少しある感じがする。

レッスン7

何を詠むか、詠まないか

同じ対象から、どんな言葉を取り出すか（取り出さないか）、実例を見てみましょう。

ドリル26

何を省く？

二句を見比べて、どこが異なり、印象がどう違うか考えてみましょう。

やってみよう／篝焚く男立ちゐる雨月かな　高木晴子

篝火に面照らされて無月かな　佐藤漾人

岸本　向島百花園での観月句会での吟行句です「篝焚く男立ちゐる」は、篝火の世話をする男が暗がりにぬっと立っている様子。「面照らされて」は篝火に近くいる人々の顔を漠然と詠んだものでしょう。先輩俳人の漾人は、当時まだ少女だった晴子（高浜虚子の五女）から、句を見せられ、漾人自身の句はとても敵わないと思って、ぜひ句会に出しなさいとすすめたら、虚子選に入ったと伝えられています（『虚子俳話録』）。

夏井　漾人の句が負けているのは、「照らさない篝火があったら持って来い」ということですね（笑）。それに、「照らす」と、無月の「無」を対比したがっている感がある。

岸本　ああ。なるほど。晴子の句は、そういう計らいがないんですね。

夏井　「男立ちゐる」という描写で、篝火に対して男の立ち姿がシルエットのように映像として見えてくる。そして、無月じゃなくて「雨月」のほうが断然いい。

岸本　「雨」と「無」の違いですね。

夏井　湿度の高い、薄ぼんやりとした雨月の下の、あの辺りにいそうな感じがしてきます。

ドリル27

軒と風、どちらを残す？

二句を見比べて、その違いを考えてみましょう。

やってみよう／軒先に蜘蛛の巣ゆれて茶屋涼し　赤星水竹居（原句）

夕風に蜘蛛の巣ゆれて茶屋涼し　（虚子添削後）

岸本　三宝寺池での吟行句です。虚子は「ゆれていれば風にゆれていると想像されるので、風という字を省略してありますが、これはよく皆がやる悪い手法で、蜘蛛の巣の見ゆる（「ゆれる」か？　引用者注）感じは風ばかりでもなく、他に種々な原因もあります

から、やはりこの句には風という字をどこかに入れた方がいいです」（『虚子俳話録』）と、「風」ではなく「軒先」を省略することを助言しました。

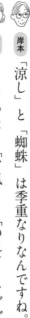

夏井 蜘蛛の巣があって茶屋が涼しいっていったら、「軒先」っていう映像はある程度浮かんでくる気もします。「夕風に」と「ゆれて」を使うのは勇気がいりますね。「夕風に蜘蛛の巣」で切って、「ゆれて」のかわりに茶屋を何か色づけしたほうがいいんじゃないかしらと思ってしまいがちだけど、よくよく考えると、やっぱり「蜘蛛の巣」が主役になって欲しいわけだから。それと、最後に「涼し」もあるのか。

岸本 「涼し」と「蜘蛛」は季重なりなんですね。

夏井 そうなったら「夕風」と「ゆれて」をダブルで重ねることで、「涼し」のほうに逆に目が行くという、結果論。

岸本 こういう地味な句はね、今どき流行らないですが。

夏井 流行る、流行らないも超えて、これは明らかに涼しい句ですね。

ドリル28

字余りの解消

二句を見比べて、その違いを考えてみましょう。

やってみよう／舞殿の神官素袍（すおう）の袖に抱く火桶　本田あふひ（原句）

神官の素袍の袖に抱く火桶　同（虚子添削後）

岸本 鎌倉の鶴岡八幡宮（つるがおかはちまんぐう）の初詣での句。「舞殿」を消して、虚子は入選にしたそうです（『虚子俳話録』）。つい「舞殿」とか言いたくなるんですが、字余りを直す添削でもあります。

夏井 「舞殿」から大きく書き始めると、火桶に届くまで距離がありすぎるというか。

岸本 そう、字数を食っちゃって。

夏井 画面の大きさをもうちょっと狭めたところから書き始めたほうが、火桶がちゃんと見えてくるということですよね。

ドリル 29

推敲でこの句をもっと良くしよう

三組の句の、それぞれ右側の句は添削前のものです。これらの句をもっとよくするにはどこを変えればいいでしょう?

左記の虚子添削例(『虚子俳句問答』)を参考に考えてみましょう。

やってみよう/金婚の式挙げようか竹夫人　山岸米南
金婚や忘れられたる竹夫人(虚子添削後)

鈴懸の木蔭を追うて人ゆきゝ　矢島治夫
鈴懸の木蔭伝うて人ゆきゝ(虚子添削後)

雛のうちそのまなざしの誰かに似　両角吟歩
古雛のそのまなざしの誰かに似　(虚子添削後)

岸本 虚子は、金婚の句なんかで、いい句ができるはずありません。忘れられたる竹夫人とでもなさったらいいでしょうと言っています。

夏井 それが言えるのが虚子。エピソードとして面白いですね。

岸本 「木蔭を追うて」はおかしいから「木蔭伝うて」としたのは当然。

夏井 「雛のうち」は、少し考えれば「うち」が不要だとわかるかも。

岸本 「そのまなざしの誰かに似」は変えずに、上五だけ直しました。添削前は「雛のうち」の「うち」と「そのまなざし」の「その」がダブっているのが気持ち悪い。

夏井 その「気持ち悪いなアンテナ」が立てられるかどうかが、推敲のトレーニングですね。「鈴懸」も「追うて」のところで、もやもやっとする。そのもやもやアンテナを立てて、自分で考えてみましょう、ということですね。

岸本 推敲は、自分の句を自分で添削することです。自分の句を他人の句のように、思いっ切り突き放して読むことが一番のポイントです。目の前の句に妥協せずに、この句でもっと気持ちよくなりたいという「俳句欲」が肝腎です。

レッスン8

誌上吟行で、何を詠むか・詠まないかを体感

句材の選び方、省き方を実践練習しましょう。

これまでのレッスンをさらに発展させ、仮想の吟行を行ない、句作のときに何を取り上げ、何を取り上げないかを、体感してみましょう。

吟行地は浅草。お寺（浅草寺）、お寺の庭園（小堀遠州の作）、門前の町並み（店、飲食店、映画館、そのへんにいる人々）で有名な観光地です。全国のいろいろな町に、多少とも似た場所があると思います。

レッスン8では、作者が「何に注目したか」に注目してください。ここで大事なことは、**何かに注目するということは、それ以外のものを無視することだ**、ということです。同じ現場で作った複数の作品を見比べると、それぞれの句が注目した（無視した）ものに気がつきます。

では、タイムスリップしましょう。昭和九年九月二日、高濱虚子を筆頭に、富安風生、山口青邨、星野立子、松本たかし、といった錚々たる面々が、浅草の街頭に現れました。このときの記録が『武蔵野探勝』という本に載っています。

虚子一行は、まず、浅草寺の庭園で句を作ります。萩が咲いていたようです。

名園に我はあるなり萩の花　虚子
額だけ見えをる彼や萩の花
萩の葉のやさしく花は尚やさし

一句目は「名園」への挨拶。二句目は誰かのおでこに注目。三句目は花と葉を並べました。さすが虚子先生です。目のつけどころを変えながら、軽々と句を詠んでいます。キーワードは、名園と我、額と彼、葉と花、といったところでしょう。

以下は吟行の参加者の作。（一部割愛、引用者注）

飛石の一つは菱の水に在り　正

菱畳とうすみとんぼ見失ふ　奈王

たまに来る黄色き蝶は萩に遠く　つや女

萩にゐし蝶下りてゆく菱の水　清三郎

それぞれの句の目のつけどころはよくわかると思います。

飛石やとうすみとんぼ（糸蜻蛉（いととんぼ））が詠まれています。もしも「飛石より糸蜻蛉見る菱の水」とすると、何がいいたい句かわからなくなります。正の句と奈王の句はそれぞれ飛石と糸蜻蛉に集中し、よけいなものを見ないようにしているのです。

蝶を詠んだ句は、それぞれ蝶の色（黄色）や飛んでゆく場所（菱の水）に着目しています。ここで「萩にゐし黄蝶下りゆく菱の水」とすると句が煩（うるさ）くなります。清三郎は、蝶の色を認識しなかったのです。

さて吟行を続けましょう。庭園の草取りをしている人がいます。

引かるべき蚊帳釣草や草取女　虚子

塵取を籠に立てかけ萩の逕(みち)　越央子(えつおうし)

床下に草刈籠や浅草寺　白草居(はくそうきょ)

虚子先生は枝折戸(しおりど)に目をつけました。

枝折戸をくゝれる縄や萩の雨　虚子

これよりは行かれぬ木戸や萩の花　青邨

縄でくくって「これより内へ入るべからず」とあるのでしょう。サラっと詠まれているのは、それ以外のもろもろをバッサリと省略した結果です。

子どもがいます。さっそく、それに目をつけた俳人。

蟬取りの童四五人侵入せり　夢香

その日は細かい雨も降りました。

観音も山門も見ゆ萩の雨　虚子

霧雨やこゝろよければ萩に在り　つや女

いろいろなものが見えたのでしょうけれど、虚子の句は、観音と山門に景を絞りました。つや女の句は、雨と萩だけで組み立てています。

吟行の現場は、浅草寺から浅草の町並に移っていきます。俳人たちは、いろいろなものを句に詠んでいます。

玉木座の看板そこに葛高し　風生
エノケンも心にありて萩に立つ　風生
よけくれぬ人よけ通る秋暑し　立子
池添ひにキネマの街や柳散る　越央子
手つないで秋の浴衣の芸者ゆく　清三郎
ベンチには昼寝男や芸者行く　たかし
腰かけん唐もろこしの焼くるまで　東子房
ひもじくて唯歩きをり柳散る　虚子

ふんでゆくバナゝの皮に秋の蠅　虚子

芝居小屋の玉木座や喜劇役者のエノケン、映画館、芸者、ベンチで寝そべっている男、焼いて売るトウモロコシ。腹をすかしてただあてもなく歩いている人物（虚子の「ひもじくて」）。バナナの皮にとまる蠅。

夏井 トウモロコシもお食べになってますね。

岸本 松本たかしは「**ベンチには昼寝男や芸者行く**」という句を作ってね。ベンチで寝そべっている怪しげな男と、そそくさと行く芸者との対照が面白い。この句は雑然とした風景の中から、ベンチの男と芸者だけを取り出しています。

夏井 面白いですよね。清三郎さんの「**手つないで秋の浴衣の芸者ゆく**」は、下五が同じ「芸者ゆく」。なのに、「昼寝男」のほうが断然面白い。ベンチが並んでるところに、こういう男って必ずいますよね。なんでこんな暑い所に横になってるんだと思って、最初は木陰だったのかもしれない、とか。芸者と昼寝男というぜんぜん違う人物を二

人入れて、どっちもが殺し合わないで、映像として共存してて、なおかつ昼寝という季語が見えてくる。同じく芸者を見ただけでも、目のつけどころで面白さの質がぜんぜん変わってきます。「手つないで」は芸者さん同士ですよね。

岸本 虚子の「**ふんでゆくバナヽの皮に秋の蠅**」は、もう、まともな景色は見飽きたんでしょう。

夏井 吟行に行ったら、みんな、その風景を描きたがるじゃないですか、「**池添ひにキネマの街や柳散る**」みたいな。それをある程度、作ったら、もう飽きちゃうのでもっと卑近（ひきん）な「バナヽの皮」に移っていくっていうのは、なるほどなって思います。

吟行では、お友達と一緒に歩きたいタイプの人と、一人になりたいタイプの人といるじゃないですか。私、仲間と一緒に行くと、「いつきさんと一緒に歩いてたら、なんかうるさくて、うっかり自分がなんかしゃべったら、いつきさんに取られるから嫌だ」とかって、みんな離れていくんです（笑）。最後にひとりぼっちになる。虚子だってひとりぼっちになって「ふんでゆくバナヽの皮に秋の蠅」を作ったんでしょうね。

岸本 たしかに、虚子という人は一人で作っていたようです。「思わぬ樹下石上に姿をかくして、静かに句作をしておられるのを見受くるのであった」と赤星水竹居が書いています（『虚子俳話録』）。

夏井 岸本さんも一人になりたいほうですか。

岸本 まあ、人から話しかけられたくないです、吟行では（笑）。

夏井 私、人に話しかけるわけじゃないんですよ、「ええっ、すげえ蜘蛛の巣！」とか「何の花？」とか「知らない！」とか、独り言が大きな声なだけなんですけど。

岸本 僕も人の話は聞きますね。会話ではなくて、人が物を言ってるのはよく聞いていて「おっ、なるほど」と、その言葉自体を句にすることもあります。少し離れたところで「話しかけてくれるな」というオーラを出しながら、じつは聞き耳を立てている。みんなが黙々と作り出すと何となく楽しくないんですね。愉快に話してる仲間がいて、それを黙って聞いているのがいちばん具合がいいですね。

夏井 全員が背中を向き合って黙りこくり始めると、戦闘態勢みたいな気分ですね。でもこの吟行のホトトギスの人たちは、くつろいで吟行してますよね。

岸本 浅草ですから、句会の後に一杯やろうという雰囲気だったのかもしれないですね。

夏井 岸本さんも虚子にならって浅草を吟行されたそうですが、一句ご披露を。

岸本 ではお粗末ながら「浅草やもののあはれの秋の雲」。

夏井 「もののあはれ」と来ましたか。添削してもいいですか。秋の雲より浅草のほうに「あはれ」を感じたのなら「秋の雲もののあはれは浅草に」ですね。

岸本 参りました（笑）。

ドリル30

吟行現場の写真を手がかりに、一句作ってみましょう

現在の浅草の写真です。写真から俳句を作ってみましょう。大切なことは、多くのことを一句に詠み込もうとせず、詠むべき材料を絞り込む（キーワードをしっかりと決める）ことです。

やってみよう／写真で一句

写真1

ヒント

解答例は、おみくじと着物の帯、おみくじと雲の取り合わせです。おみくじと何らかの季語で一句を組み立ててみましょう。

解答例

● よきみくじ
四つに畳んで単帯
星野立子（『武蔵野探勝』）

● みくじ引く頭の上の秋の雲

写真 2

ヒント

庭の手入をしている場面。どんな道具を使って何をしているか。背景になる季語も自由に想像してください。

解答例

● 塵取を籠に立てかけ萩の逕
大橋越央子（『武蔵野探勝』）

● 秋晴や梯子に立ちて枝を切る

写真3

ヒント

映画館や演芸場など娯楽施設のある街並み。季節感や季語をどう演出するかは自由です。

解答例

- 裏窓に鉢朝顔やキネマ館
  上林白草居（『武蔵野探勝』）
- ゆく秋の落語漫才見てゆかん

写真4

ヒント

解答例には着物姿を「浴衣」とした句もありますが、単衣、袷（あわせ）、春着など、自由に脚色してみましょう。

解答例

● 手つないで秋の浴衣の芸者ゆく
三宅清三郎（『武蔵野探勝』）

● 爽やかに帯締め女同士かな
（「爽やか」が秋の季語）

写真5

ヒント

扇は夏、秋扇は秋の季語ですが、別の季語（秋風など）と取り合わせることも可能です。

解答例

- 浅草や秋風立ちし扇店
  高濱虚子（『武蔵野探勝』）
- 秋風や店の扇を見て通る

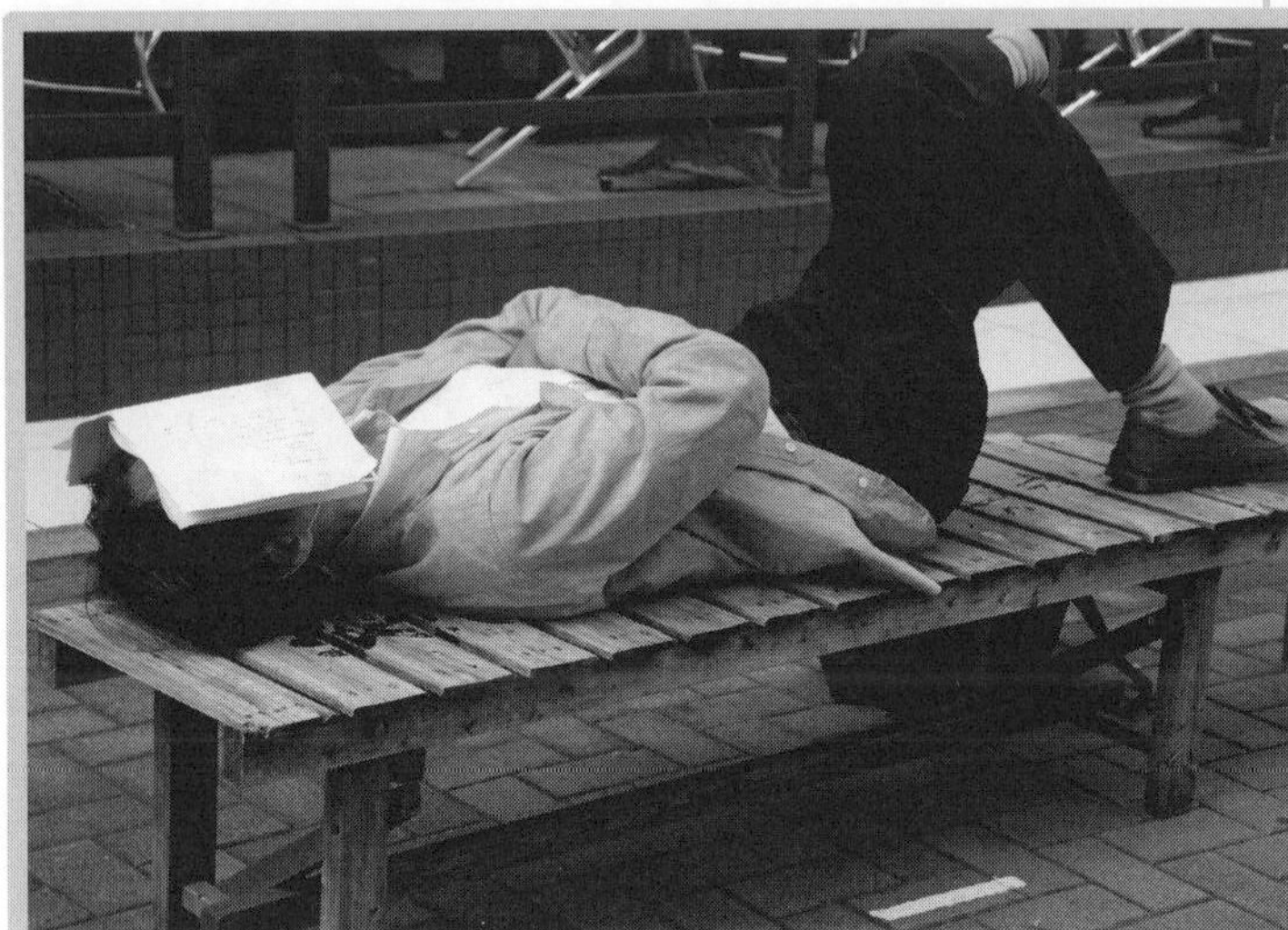

写真 6

ヒント

ベンチに寝ている人の背景にどんな季語をもって来るかが考えどころです。

解答例

● ベンチには昼寝男や芸者行く
松本たかし（『武蔵野探勝』）

● ベンチに寝る人うらやまし柳散る
（「柳散る」が秋の季語）

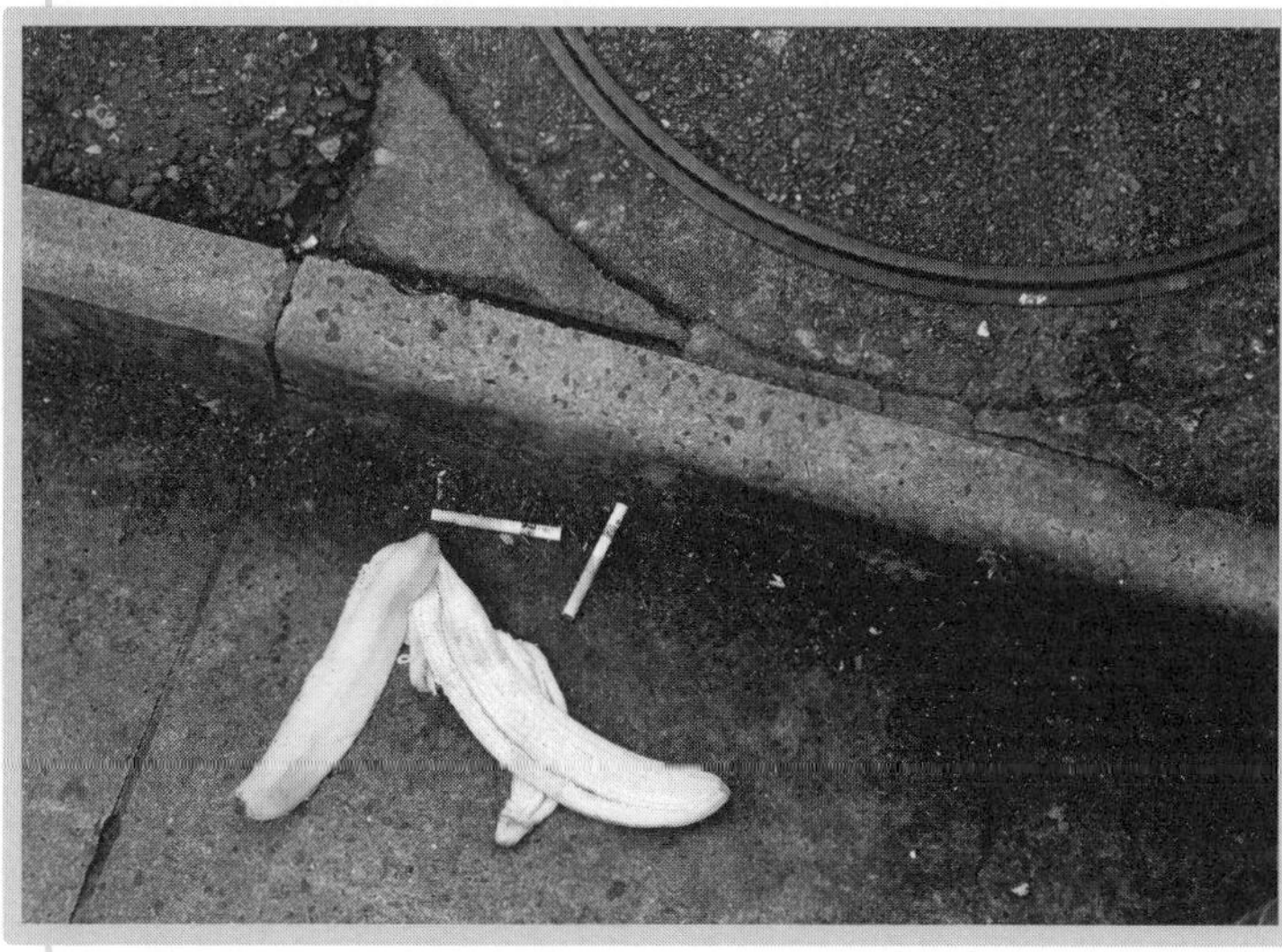

写真7

ヒント

何でもいいからバナナを詠み込んでみましょう。

解答例

● ふんでゆくバナナゝの皮に秋の蠅

高濱虚子（『武蔵野探勝』）

● 吸殻とバナナの皮と秋の暮

岸本 後藤比奈夫（ごとうひなお）さんの「**鶴の来るために大空あけて待つ**」は、自句自解によると、鶴を見に行った人が撮った写真を見て「行った気になって」作ったそうです。このやり方なら、外に出かけられない人も俳句を作れます。

夏井 私も、いずれみんな出かけられなくなるんだと思って『おウチde俳句』の本を作るとき、後藤比奈夫さんの言葉に背中を押してもらいました。

「プレバト!!」を見て、「写真で作るコツありますか?」ってよく聞かれるんです。そんなとき答えているのが、三つのコツです。一つ目は、写真を見てない人の脳に一〇〇%同じ写真が再生されるようにやってみる。二つ目は、写真の中に自分をバーチャルで置いて、そこから見渡したら何が見えるかしらって考える。そうすると、吟行に近い映像やものが、脳の中で見え始めます。三つ目は写真に撮られてない外側に何があるか想像する。これは、写真とつかず離れずみたいなものが見えてきそうです。写真の中に自分が入って、三六〇度、上下、見ることができるようになったら、写真の脳内吟行は自在ですね。

推敲──虚子に学ぶワンポイントアドバイス②「型」と「表現」

いくつかのパターンに分けて、高濱虚子の見事な推敲例を紹介します。

■型

⑴語順を入れ替える

○春の水流れ〳〵て又ここに　『五百句』昭十二・六
　春の水流れ〳〵てこゝに又　『ホトトギス』昭七・四

「又ここに」とすると、春水が「ここに」あるという眼前の景が強調されます。

⑵対句

○冬晴や八ヶ岳を見浅間を見　『現代俳句文学全集高濱虚子集』昭三十二・十

冬晴や立ちて八ヶ岳を見浅間を見　『小諸百句』昭二十一・十二

「立ちて」を略して「〜を見〜を見」という対句だけの形にしました。

(3)人称の表現

○緑蔭を出て来る君も君もかな　『ホトトギス』昭三十二・六

緑蔭を出て来る彼も彼もかな　『玉藻』昭三十一・十

三人称の「彼」を二人称の「君」に置き換え、生き生きとした句になりました。

○彼の人の片頬にあり初笑　『ホトトギス』昭二十二・一

彼の君の片頬にあり初笑　『ホトトギス』昭二十一・六

「彼の君」という言葉に気どった感じがあるので、「彼の人」にしたのでしょう。

(4)疑問

○先生が瓜盗人でおはせしか　『五百句』昭十二・六

先生が瓜盗人か瓜畑　『ホトトギス』明三十・五

「何とまあ、瓜を盗ったのは先生様でいらしゃったか」と驚く村人。

■表現の工夫

(1)「否定」の発想に切り替える

○夏の月皿の林檎の紅を失(う)す　『ホトトギス』大七・十

夏の月皿の林檎のたゞ青し　『ホトトギス』大七・九

「たゞ青し」を、否定の発想で「紅を失す」に直し、句の調子が力強くなりました。

(2)比喩

○初蝶を夢の如くに見失ふ　『ホトトギス』昭十五・三

初蝶を埃(ほこり)の如くに見失ふ　『玉藻』昭十四・五

「埃」と「夢」では大違いです。

⑶色を消す

○白水晶緑水晶玉椿　『ホトトギス』昭二十五・二

白水晶緑水晶白椿　『玉藻』昭二十四・五

初心者はよくものの色を詠みますが、色を消すと句がすっきりすることが多い。

⑷オノマトペを消す

○セルを着て白きエプロン糊硬く　『ホトトギス』昭十七・五

セルを着て白きエプロンごわぐと　『玉藻』昭十六・八

オノマトペを消し、「糊硬く」という描写の言葉に直しました。

⑸動詞を吟味する

○緑蔭や人の時計をのぞき去る　『ホトトギス』昭九・六

緑蔭や人の時計をのぞきに来　『ホトトギス』昭八・八

何をしに来たのかと思ったら、人の時計をのぞきに来た。時計を見て去ったときにはじめて、この人の目的が時計を見ることであったとわかります。「のぞきに来」より「のぞき去る」のほうが自然な表現です。

○泳ぎ子の潮たれながら物捜す　『ホトトギス』昭十三・八
泳ぎ子の濡れて戻りて物探す　『ホトトギス』昭十二・十

「潮たれながら」のほうが、描写が生々しい。

(6)印象を変える

○蜘の糸がんぴの花をしぼりたる　『ホトトギス』昭七・九
蜘の囲やがんぴの花をしぼりたる　『ホトトギス』昭六・十一

蜘蛛の巣を意味する「蜘の囲」よりも、「蜘の糸」のほうが、景が鮮明です。

○烈日の下に不思議の露を見し　『ホトトギス』昭二十二・八

烈日のもと思ひきや露を見る　『ホトトギス』昭和二十一・十

「見る」より「見し」のほうが引き締まった感じがします。「見し」は「見た」という過去の意味です。過去表現の確定感がこの句に力強さをもたらしています。

5章

よくある句から脱出するために

夏井&キシモト博士が答えます

実作の悩みに岸本尚毅と夏井いつきが答えます。

あと一歩上達するために、キラリと光る一句を作るために、
俳句教室の生徒さんたちから寄せられたリアルな質問に答えます。

Q1

きれいな夕日とか、感動したものを句にしようとすると、たいがいうまくいきません。感動を俳句にするコツ、教えてください。

A1

岸本　結論は「感動は気にせず、放っておく」です。感動は自分だけのものです。「感動」を詠もうとしてあくせくする必要はありません。もちろん、感動したことを人に伝えたいと思うのは自然な人情ですが、無理に俳句にしなくてもいい。夕日に感動し

たなら、写真に撮ってメールで送るとかでいい、そういう話だと思います。

俳句でいくら「きれいだった」と訴えても、読者は「そうですか。よかったね」と思うだけです。むしろ、読者の想像力を働かせるような句を作ることが肝要です。**夕日の光景を伝えようとするとき、夕日はもともときれいなものですから、多くを語る必要はありません。**あかあかとした夕日を背景に、草が二本生えている。その程度で十分だと思います。**景色を描くときは、句の言葉が作者にとってスカスカに思えるように作れば、それが読者にとってちょうどいい加減なのです。**

初心の方は、十七音の器のなかに言葉や情報を詰め込み過ぎるきらいがあります。感動した事柄をいったん整理して、詰め込み過ぎた一句を、二句や三句に分けるとよいでしょう。句や言葉を思い切って「捨てる」ことが大切です。

夏井　私は「**感動しなくていい**」って答えることにしてるんです。「感動しないと俳句にならないって思い込んでいるところが、そもそも無理」ってはっきり言います。
感動至上主義みたいな問題は学校の先生たちとの実技講習会でも出てきます。取り

合わせを子どもたちに教えると、先生たちが「こんなふうに言葉をパズルみたいに当てはめて、感動もしてないのに、子どもにこういうことを書かすのはいかがなものか」という質問が必ず来るんです。そんなときは先生方に「先生は、日々、感動して暮らしてらっしゃいます?」と聞くことにしています。日々感動して「おおーっ」と言ってたら、穏やかに暮らせないですよ。子どもたちも「ヒマワリがきれいですね、感動しますね、その感動を書きましょう」と感動を強要されても困ると思いますよと。**そもそも感動は双方向のもの。**自分は感動してないけど、取り合わせの作り方を教えられて、言葉をパズルのように合わせて出来上がった俳句が、読み手に感動を与えるという感動もあるわけです。「感動しないと書けないという考え方をまず捨ててみませんか」と言います。

岸本　端的で的確なお答えですね。

夏井　この質問者は感動したことを書きたいのかな? でも、**感動しても俳句ができない間は、書かなくていい。感動じゃなくて、ちょっと面白いくらいが書きやす**いんじ

ゃないかな。バナナの皮が落ちていたとか、いいんじゃないですか。

子どもたちと吟行に行くときは、『感動を俳句にしよう』なんて言いません。「ちょっと面白いものを見つけたら、一緒にいる友達には言わないで、こっそり、いつきさんのところに『ちょっと面白いもの見つけた』って呼びに来て」って言うんです。そうすると、子どもたちは、ばーっとあちこちに広がって、お友達同士でくっつくこともなく、ネタを探しに行きます。そして、たとえば棒っきれを持ってきて「この形が面白い」とか、木の幹に穴を見つけて「いつきさん、ここに穴、開いてるんです」とか、次々とちょっと面白いことを見つけてきます。

その面白いものを見つける遊びくらいが、十七音の分量に見合ってるんじゃないかっていう気はするんです。感動はもっと技術的に上手になってから、って感じです。

Q2 「よくある句だね」と指摘されます。そこから脱出するには、どうしたらよいのでしょうか。

A2

岸本　「類句」「類想」は難しい問題です。人間の考えることは、ある程度、似たり寄ったりです。類句や類想が生じるのはむしろ当たり前です。

まず類句や類想を恐れずにどんどん句を作ってください、と申し上げましょう。数多くの句を作って、数多くの句を捨てること。類句類想を最初から避けて通ることは不可能です。**類句類想の句をどんどん作り、どんどん捨てればよいのです。**

はじめは平板な句になりがちですが（それでよいのです）、しだいに観察を細かくしていきます。花の花びらや蕊（しべ）の様子だとか、ところどころ枯れている様子だとか、そこらへんの石に枝が影を落としているとか。十二音を作ったあと、残りの五音で、空青し、雲白し、というぐあいに視界を広げるとか。作者の想いをのせてみるとか。

句を数多く作る過程で、少しずつ違う句を作ってゆくようにすれば、少しずつ新しい発想の句が生まれてくると思います。

夏井 **東国原英夫（ひがしこくばるひでお）さんがおっしゃっていた方法もおすすめです。題が出たら、すぐに思いつく言葉を紙にばーっと書く。最初に思いついたことは類想だから、それ以外のことを俳句に書こう、類想の半歩外を探って俳句を作っていこう、と心がける。**そして紙に書いた類想をマルで囲んでおくそうです。そうすると、紙に残っていくメモが類想チェックの際に使えます。わかりやすい「東国原メソッド」です。

岸本 類想のチェックは選者の仕事でもあります。先行する句を少し変えただけの投句も見かけます。それを見破ろうとするとき、キーワードになる言葉を検索すると似た句がひっかかることがあります。類想の筋道が何となくあるんですね。

Q3 「説明のしすぎだ」とよく言われます。どうしたらいいでしょう？

A3

岸本　読者を信じることです。野球のピッチャーの場合、キャッチャーを全面的に信頼することで、威力のある球を投げられる。それと似ています。**句の中で言いたいことに優先順位をつけ、言いたいことを絞り込む**。なるべく少ない言葉、なるべく少ない情報量にして俳句を読者に渡すこと。そうすれば読者が想像してくれます。

夏井　「**読者を信じる**」**に尽きると思います**。読者を信じられないと、どんどんいろんなものを入れて、結局、訳がわからないものになったり、誰でも知っていることを一生懸命説明してしまったりする。それと特殊な専門用語を説明し出すと十七音があっという間に埋まってしまう。たとえば、音楽を知っている人には「黒鍵」からショパンを連想してもらえるけれど、知らない人はそこまでわかってくれないとか。でも、それでいいんだと思うんです。五〇%が人に伝わりゃいいじゃない、と思いますよ。

先日ロケをした、NHKのEテレの番組「575でカガク!」でのお題が「反物質」で、バナナがのんきに曲がっている、みたいな句があったんです。何が反物質なのか全然わからない。ご一緒した科学者の後田裕さんに聞いたら、バナナのカリウムから時折反物質が出ることがあるんですって。後田さんが「この人はよく勉強してる」と言うわけです。で、作者に聞いたら「相当調べました」って。そのバナナの句が、知識を持っている科学者に伝わったんだから、それでいいんじゃないっていう話です。

岸本 あとは、自分自身が読む力を付ければ、人も信じられるようになれますね。

夏井 俳句が好きになると、いろんなタイプの句がわかりたくなります。最初はわからなくても、やってるうちに、好きなタイプの句じゃなくても、良さが多少ともわかるようになっていきます。自分がいい読者になることですね。

Q4 推敲にはどのくらいの時間をかけていますか？

A4

岸本　句作の現場で「完成」を目指していますが、なかなかぴったり来る表現が見つからないことがあります。そのような場合、三、四日程度は折に触れてその句をいじりまわします。もとの句から離れていく、もとの句が変わってゆくのは当然です。気がついたらもとの句とは似ても似つかない、別の句になっている、ということもあります。同じテーマ（たとえばどこそこの水に映った桜を詠む、など）で気に入った句ができないときは、年々その季節になると、同じような、しかし、少しずつ違う句を作ることを何年も繰り返します。**必ずしも「推敲」という言葉にとらわれず、手持ちの**

句を捨てて（断捨離？）、また新しい一句を作る、と考えたほうがよいかもしれません。

夏井　季語が違うんだよねって思いながら、フレーズだけが温存されてて、ある日、どこかへ吟行に行って、「ああ、これだった」という季語に出会うことはありますね。

岸本　推敲といっても、もとの句にこだわらないほうがいい。

夏井　メモにこだわりすぎないことですね。私は吟行して帰った夜に、その日見つけた材料をあれこれ使って俳句を作る時間が楽しいんですけど、岸本さんは吟行の現場で完成させるんでしょう。

岸本　部屋の中で句を作らないのが理想です。

夏井　吟行に勝るものはないですね。自分の脳と格闘し始めたら、自分以上のものはぜんぜん出て来ない。**外からいただいた材料なら自分の脳を超えることができます。**

私は夜、ウイスキーを飲みながら、句帳の周辺に書いてあるものを見返して「ああ、あの時、これ、見た、見た」と思い出していく。これが二重に楽しいんですけど……

あれ、何の話でしたっけ？（笑）

岸本　推敲の話です。吟行のときは現場で集中して、その場で推敲もしてしまいますが、推敲って結局、できたものを一度ばらして再構築するんですね。吟行で見たものを反芻したり整理したり。

夏井　これを一句にしたいが完成してないと思うとき、ふと句帳の同じページの周辺にある言葉を見つけて「これと結びつければいいんだ」と、夜の推敲作業で気づくことはありますね。同じページ、同じ見開きの中で思いがけない出会いがある。

岸本　前後の句を組み合わせると別な句ができることもあります。昨今のコロナ情勢下でリアル吟行が少ない環境だと、夏井さんがおっしゃったように「句帳の余白に何か落ちていないか」とか「自信がないけど、ねつ造しようか」ということはあります。

夏井　まさにそれ。ねつ造しているうちに、別の言葉と出会って案外な拾いものをするときもある。

岸本　残り物を組み合わせておかずが一品、できることもある。推敲は広く捉えるといいですね。

Q5

語彙を増やすにはどうしたらよいのでしょうか。俳句っぽい言葉を知りません。

A5

岸本　**珍しい言葉や凝った言葉はなるべく使わないほうがよい。**ありきたりの言葉でよいのです。**語彙に凝ることより、その句にピッタリくる言葉を選ぶことが大切です。**同じ内容なら、凝った語彙より、ありきたりの語彙を使ったほうが読者に優しいのです。

繰り返しになりますが、なるべくたくさん句を作って、たくさん捨てることが、次の一句に結びつきます。一句作るごとに新しい語彙と出会えます。

また、先人の俳句を多く読むことに努めましょう。語彙だけを取り出して覚えようとしても難しい。どんな語彙がどう使われているかに注意しながら、俳句（十七音の言葉のかたまり）をたくさん読むと、自然にその語彙を使った言い回しが身につきます。

夏井 **言葉は、俳句を続けているうちに、努力しないでも増えていきますよ。**

「プレバト!!」の話なんですけど、どなたかが「ひかめく」という言葉を使ってらっしゃいました。私は知らなくて、調べたら「輝く」という意味だったんですね。そんなことがあって句会ライブに行ったら「ひかめく」を使った句が出てきたんです。さてどんな方が作ったかと思えば、作者は小学生。びっくりですよ。そこで「『ひかめく』なんていう言葉、なんで知っているの？」って聞いたら、「こないだ『プレバト!!』で見て、カッコイイと思って、いつか使いたいと思ってた」と言うわけです。

子どもたちの現場ではこういうことはよくあるんです。先日も、小学生が「いつきさん、今日のこの風が『青嵐』ですよね」と言うわけです。「『青嵐』なんていう難しい季語をよく知ってたね」と聞くと、こんな話をしてくれました。担任の先生が一日季語を黒板に書くんだそうです。先生は季語の説明はしないんですけれど、その子は「青嵐」を見てなんかカッコイイ言葉だと思ったから自分で意味を調べた。するとそのカッコイイ言葉の風が、今日吹いているこの風だとわかった、と言うんです。校庭の掃除で風が吹くと掃いたものが飛んでしまうのを、これまでは「クソッ」と思っていたけど、「青嵐」という言葉を知ってから楽しくなったよ、と。

言葉ってそうやって積み重なっていくものなので、ことさら増やそうと努力しなくてもいいんじゃないかな。子どもに人気のある季語では「龍の玉」。カッコイイって言っています。「龍の玉」が何かわからないけど、ドラゴンボールみたいだって。

言葉に対してカッコイイと感じて、それを使いたいと思えば、それが自分の語彙のボックスの中に一個ずつ入っていくから、焦らないほうがいいんじゃないですかね。楽しいですよ、金を貯めるより、堅実です（笑）。

Q6 《 **A6**

想像の世界に入りこんで句を作ってもよいのでしょうか。

岸本 さしつかえありません。円山応挙の幽霊や横山大観の龍はリアルです。想像力を働かせ、なるべく具体的なイメージ（画像）を思い浮かべ、それを描写して俳句に詠めばよいのです。金子兜太に「**おおかみに蛍が一つ付いていた**」という有名な俳句があります。この句もそのような場面を「想像」したのです。

夏井 **妄想は才能です。**妄想できるあなたって、すごいじゃない。

今、私、『ONE PIECE』を延々と九十数巻読んでいるんですけど、作者の尾田栄一郎さんの妄想もとんでもない。他にも最近読んだ小野不由美さんの小説『十二国記』の妄想もすごい。どんな脳をしてるんだろう、と思ってしまう。私は大きなものを構築していく脳がないので、ただ感嘆してるんですけど。いろんな妄想や、リアルな妄想ができたらこっちのもの。想像する才能を伸ばされてはいかがでしょうか。

岸本　壮大な想像の世界の構築物と、俳句という現実の一片のような詩とは対極的だと思うんですが、そこに何かつながりはありませんか。

夏井　壮大な、ありもしない物語を読者がなぜ信じるかというと、俳句に書くような一片のリアルがちりばめられているからです。だから信じてしまう。小さな真実を積み上げて、大きなフィクションになる。

岸本　ディテールの生々しさが大きな嘘になっていくんですね。俳句は、大きな嘘への入り口なのかな。そういう意味では、俳句という詩形のサイズというものは……。

夏井　**俳句の小さなリアルの向こうに、読み手が勝手にものすごい大きなものを探り当ててしまう。**俳句にはそういう仕掛けがあるのかもしれないですね。そんなことどこにも書いてないのに、その向こうの意味を、読み手が勝手に探り出す。

二〇二〇年の俳句甲子園の最優秀作品「太陽に近き嘴蚯蚓を垂れ」に対しての、審査員の小澤實さんの「この蚯蚓はコロナ禍の人類かもしれない」という鑑賞は、小澤さんが読みとった一つの現代ですね。

Q7

古典から最近の若い方の句までざっと流れを知りたいです。また、自学自習の手引きとして、現在手に入る本を教えてください。

A7

岸本 俳句の歴史はそれ自体として興味深いものです。大きく時代を区切れば江戸時代以前（近世）と明治時代以降（近現代）とに分かれます。

近世で押さえておきたい俳人は、松尾芭蕉、与謝蕪村、小林一茶です。芭蕉は『奥の細道』でおなじみ。蕪村には美しい叙景句がたくさんあります。一茶は人情に訴える親しみやすい作風が特徴です。今現在容易に手に入る本ですと、『覚えておきたい芭蕉の名句200』『蕪村句集　現代語訳付き』『小林一茶』（すべて角川ソフィア文庫）などが手頃な入門書です。

さて、近代の俳人として是非押さえておきたいのは正岡子規と高濱虚子です。この両俳人については、夏井いつき『子規365日』（朝日文庫）と『覚えておきたい虚子の名句200』（角川ソフィア文庫）が、現在入手可能な手引書です。

子規、虚子以降、近現代の俳句は多様な展開を見せます。種田山頭火や尾崎放哉のような自由律俳句。西東三鬼などの新興俳句。中村草田男、加藤楸邨、石田波郷などの人間探求派。戦後の社会性俳句や前衛俳句。また高濱虚子門下からは飯田蛇笏、原石鼎などの大正期の有力作家、さらに水原秋櫻子、山口誓子、川端茅舎などの昭和期の俊英作家が現れました。このような多様な近現代俳句の鑑賞の手引きとして、最もスタンダードなのは、山本健吉『定本現代俳句』（角川選書）です。飯田蛇笏など大正時代の名句を読むには、高濱虚子『進むべき俳句の道』（角川ソフィア文庫）がおすすめです。読み物としてもとても面白い本です。また、戦後に登場した作家も視野に入れつつ俳句表現の展開を解説した手引書としては、岸本尚毅『十七音の可能性』（角川俳句ライブラリー）があります。また、ごく最近の若い世代の作品を読める本としては『天の川銀河発電所』（左右社）があります。

Q8

読む力を鍛えるために先人の句をたくさん読むようにとアドバイスされましたが、何を読めばよいのでしょうか？記憶力に自信がありません。

A8

岸本　まず、**俳句上達のためには「作る」**だけでなく、**「読む」ことが大切**だということを強調したいと思います。

俳句を読むことの意味は大きく二つに分かれます。

一つ目は、**句作に直結する読み方**です。先人の句の言い回しや言葉のリズム（呼吸、間合のようなもの）を、「体得」（文字通り、体で覚える）するために、少しでもたくさんの俳句を読むことをおすすめします。ある程度以上の出来栄えの俳句をたくさん読む。意味のわからない句やあまり好きでない句は飛ばし読みをしてもよい（どちらかといえば速読）という読み方です。この読み方は、**歳時記の例句を読む**ことで実践できます。単純に、片っ端から歳時記の例句を読めばよいのです。文庫版も含め、「俳句歳時記」として市販されているものなら何でも結構です。是非おすすめしたいのは高濱虚子編『新歳時記』（三省堂）です。例句も含め、宝物のような本です。また、比較的新しい例句を拾ったものでは角川書店編の『合本俳句歳時記』もよいと思います。

二つ目の読み方は、味読です。**鑑賞の対象として、俳句を読むこと自体を楽しむ読み方**です。そのための本は、俳句の鑑賞や解説が書いてあるものが望ましい。具体的には、さきほどのQ７で挙げた本と同じです。

ご高齢の方は、比較的活字の大きな「俳句歳時記」をお求めになって、季語の解説も楽しみながら、例句までお読みになることをおすすめします。句作のついでに歳時記を読み物として楽しむ習慣をつけるとよいでしょう。

歳時記の場合、同じ季語を詠んだタイプの異なる句が並んでいますから、同じ材料でもいろいろな詠み方があることを体感できます。

記憶力が衰えていくのはいたしかたないことですが、歳時記の例句は季語とセットで頭に入ってきますので、多少なりとも覚えやすいと思います。歳時記の例句から、お気に入りの句を一句でも二句でも「暗記」「暗誦」することをおすすめします。

もう一言だけ申します。とても気に入った句があって、自然に覚えてしまったという姿が理想です。逆に言えば、無理に覚えなくてもよいのです。句を読んで忘れてしまっても、一度でも頭をくぐらせておくと、俳句の力になります。楽しく読んでケロッと忘れる。それで十分に意味があります。ただし、先人の名句が頭の中に残っていて、自分の句だと勘違いしてうっかり投句してしまわないようご注意ください。

夏井　質問にある「記憶力に自信がありません」に強く共感します。藤田湘子さんの『20週俳句入門』に、一週ごとにこの句を暗記しなさいという課題があって、それを一生懸命暗記したり、黒田杏子先生には、自分の好きな句集を一冊書き写しなさいと

言われて、岸本さんの句集も書きました。でも、記憶できるかどうかは、別です。記憶力に自信がない人は、その句に出会うたびに新しく感動できるから、忘れてもいい、大丈夫。常に忘れると常に新たな感動を手にできますよ。

Q9 「意味がわからない俳句だね」と言われます。どうしたら直りますか？

A9

岸本　読者というものはわがままなもので、すぐに「わからない」と言うものです。知識や経験や読解力の不足で、簡単に「わからない」と言ってしまうことがあります

（そういう読者にならないようにしましょう）。「わからない」と言われてもすぐにくじけないことが大切です。

その上で、やはり作品の側に問題があって「わからない」と言われる場面を想像してみましょう。対面の句会であれば、この句のどこが「わからない」かを問うことができます。この言葉の意味がわからないとか、文脈から意味がとれないとか、句会の仲間はきっと何らかの反応はしてくれるでしょう。

「わからない」と言われた句の実例を挙げましょう。高濱虚子が俳誌『玉藻』に連載していたQAコーナーにこんな句が寄せられました（『虚子俳句問答』）。「白玉や家族会議に出たる店」。句の作者は、「家族会議」は横光利一の小説の題だと言うのですが、虚子は「注を付けなければ、あなたの句意は分からぬ」と言っています。

他方、初心の作者の句でよく見かけるのは、個々の言葉の意味はわかるのですが、無理やり五七五に詰め込んだ結果、文脈が不自然になり、読者に意味が伝わらないというケースです。たとえば『虚子俳句問答』に「どやどやと逃げし幟の運ばるゝ」という句があります。作者の説明によると「我が家の鯉幟が近所に吹かれ飛んで行った。それを近所の人が運んでくれた」というのです。虚子は「『逃げし』といっただけでは、それだけの複雑な光景は出ません」と言っています。

このような場合、**一度、散文（ふつうの文章）に言い換えて、頭を整理して、もう一度俳句の形にしてみる**、という手順を踏むとよいと思います。わかりにくくなる原因の多くは「詰め込み過ぎ」ですから、言葉を減らす（言いたいことの一部をあきらめる）ことが肝腎です。どうしても言いたいことがある場合は、別の一句を作ればよいのです。さきほどの句ですと「鯉幟外れて飛んでゆきにけり」という句が一つできて、さらにもう一つ「かつがれて戻って来たる鯉幟」というような句ができるはずです。

夏井 意味がわからない句って、自分が持ってる技術以上をやろうとして、向こう岸に飛び越えられなかったような感じですね。詰め込み過ぎを直そうと思えば、コツコツと勉強を続けることですね。カルチャーの教室などで添削を受けるのもいいかもしれません。

Q10

なぜ、特選や秀逸に選ばれないのでしょう。入選や佳作の句と、特選や秀逸の句はどこが違うのですか？

A10

岸本　この問は選句すなわち「評価」の問題です。選者は特選にとった句について「説明責任」を負いますから、俳句の投稿欄の講評に、ここがよかったと言葉巧みに説明します。しかし、特選句の講評を読んでも、特選に選ばれることへの足しにはなりません。講評は、選者による鑑賞文として味読するのがよいと思います。

もう一歩、選者の心理に踏み込むならば、特選と入選の分かれ目というものはたしかにあります。入選や佳作の句は、特選には物足りないのです。

○高浪の裏に表に千鳥かな　岡田耿陽

○庭を掃く千鳥のあとのこゝかしこ

波来れば波の上とぶ千鳥かな

濤音(なみおと)の中に千鳥の声すなり

この四句は、『ホトトギス』昭和五年三月号の投句欄第一席に掲載された入選作です。後年、選者の高濱虚子は『ホトトギス雑詠選集』という厳選の選集を編むときに○を付した二句を収録しました。すなわち○印は特選に相当します。

○の付いていない「波来れば波の上とぶ」は「波」という言葉を繰り返しましたが、この程度の技巧は他の入選句にもありそうな感じがします。「濤音の中に千鳥の声すなり」も、濤音と千鳥の声をふつうに並べただけで、さほど驚きません。

いっぽう○のついた「高浪の裏に表に」は、「裏に表に」という対句が巧みで、しかも高浪と千鳥の関係が、美しい絵のように、しかもダイナミックに表現されています。「表に裏に」ではなく「裏に表に」としたのも芸が細かい。また「庭を掃く千鳥のあとのこゝかしこ」は、庭を掃きながら、土の上に千鳥の足跡を認めたという句で、緻密な描写がよく行き届いています。特選の句は、よくある入選句よりも、どこか一歩抜きんでたところがあります。

どのように抜きん出るかは、句によって違います。**特選句は狙って作れるものではありません。同じ材料で何句も作ったときに、深く掘り下げた佳句が生まれるケースが多いように感じます。**

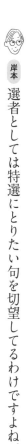

夏井 俳句ってたった十七音しかないから、根底から新しくしなくても、**オリジナリティとかリアリティが三音分、五音分の工夫で手に入ることがある。**佳作の句をじっと眺めて「三音、五音、変えるとしたらどこかしら？」って、**佳作を踏み台にして「ここ変えたら、特選かもしれない」って、自分で検証するのはどうでしょう。**

岸本 選者としては特選にとりたい句を切望してるわけですよね。

夏井 類想は結局、共感の土台みたいなものだから、共感の土台の上に、五音分、三音分のオリジナリティ、リアリティのデコレーションが突き刺さってたら、そこにすっと惹かれていくのかもしれません。共感の土台が根っこからなくて、オリジナリティだけあっても、ぜんぜん近寄っていけないし。

岸本 特選や秀逸には選者のカラーも出ますね。

夏井 最後のふるいに残った句の中で、夏井らしさみたいなものを特選に込めたいと思うときは、確かにありますね。それと、良い句だと思えば思うほど、万が一にも有名な句ではないか、そこが恐ろしいっていうところもある。

岸本 私も特選句は必ず類句のチェックをします。秀逸や特選を選ぶのは選者もリスクを負います。選者の面子（めんつ）をかけるわけですから。夏井さんは、結社の個人レッスン的な選でなく、不特定多数の投句者の句を選ぶことが多いように見受けますが。

夏井 そうですね。松山市の「俳句ポスト３６５」やラジオの「一句一遊」も兼題一つなんですけど、この季語の中で、今までこういう切り口は見たことがないとか、コスモスと風なんていやというほど見てきたけど、たった五音でこんな句ができるんだとか、できる限り、いろんな切り口で選びたいと思っています。夏井は、だいたいこういうのが好きだからって、思わせてたまるもんか、みたいなところはありますね。

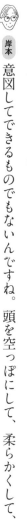

岸本　最初から変わったものを狙った句は、面白いから入選にはしますが、特選にはなかなかしがたいですね。

夏井　よくチャレンジした、みたいな句ですね。特選のほうは「参りました」「私、これ、思いつかないわ」みたいな感じ。ぎゃふんと言わせてもらえるのが、特選ですね。

岸本　意図してできるものでもないんですね。頭を空っぽにして、柔らかくして、外から力を呼び込んで欲しいような感じがしますね。

夏井　自分の中に何かが集まってきて、それが何かの形になって出てきたときに、自分もびっくりする句ができるときってあるじゃないですか。それですね。

*

ここに取り上げた質問は、実際に俳句の講座を受講している方々からのものです。

俳句に関して「そうしなければならない」「そうでなければならない」ということは一切ありません。俳句を通じて人生を楽しむこと、面白がることが目的です。ただ俳句を作るだけでなく、俳句について、俳句とのつき合い方について、いろいろと思いをめぐらすこと、そのこと自体を楽しめばよいのです。

おしまいに一言。自分が作者であるという立場をいったん忘れましょう。作品の読者になったつもりで俳句について考えると（自分はどんな俳句が読みたいか、どんな俳句が面白いか、等々）、俳句に対して気楽になれます。

選句について

選句とはつまるところ、俳句の評価です。世の中に俳句大会というものがあり、俳人による選句の結果が公開されます。選者を務める俳人によって選句の傾向は違います。選者は自分の俳句観をもって選をします。俳句観が人によって違うのですから、選句の結果が違うのは当然です（もちろん、複数の選者に選ばれる素晴らしい作品もあります）。

私自身も選者を務めることがありますが、他の俳人の選を見て「なんであんな句を選ぶんだろうか」と思うことがあります。逆に、私の選を見て、他の俳人は「なんであいつはあんな変な句をとるんだろうか」と、きっと思っていることでしょう。

ここでは、俳句の重要な要素である選句をめぐるエピソードや名言を紹介します。

虚子対秋櫻子

高濱虚子と水原秋櫻子の関係を知っていますか。両者とも俳句史に名を残す大俳人。秋櫻子は虚子の弟子でした。ある時期に俳句観の相違が表面化し、秋櫻子の率いる「馬酔木（あしび）」という俳句結社が、虚子の率いる「ホトトギス」から離脱しました。このことは俳句史の大事件の一つです。

両者の対立は句の評価（選句）をめぐるものでした。秋櫻子のライバルであった高野素十（すじゅう）に「**もちの葉の落ちたる土にうらがへる**」「**甘草（かんぞう）の芽のとび〳〵のひとならび**」「**おほばこの芽や大小の葉三つ**」などの句があります。これらは「草の芽俳句」と揶揄（やゆ）されたトリビアルな作品でしたが、虚子は選にとりました。

虚子の弟子の中田（なかた）みづほは、素十の句を虚子が高く評価することについて「虚子先生のごとき異常に精巧なるレシーバー、又は共鳴器には立派に感じ、明かに勢力を伝（でん）

播して居る」と賛意を表しました。一方で「僕が怪しく思ふのは、秋櫻子君が自分の行き方の是なるを認める他面に於て、素十君の行く道を是認しないこと」だと述べ、秋櫻子を批判しました。秋櫻子は「みづほの賞揚する素十の句が、それだけの価値を持っているかどうか、私にはわからぬ」という立場でした。素十の「草の芽俳句」の評価をめぐって虚子・みづほ対秋櫻了の葛藤があったのです。

雑詠の予選

選句をめぐる別の面でも、秋櫻子は虚子に不満を抱いていました。虚子が選をした『ホトトギス』雑詠は非常な厳選で、一句入選したら赤飯を炊いてお祝いするほど権威あるものでした。膨大な投句が寄せられ、その選句の疲れを軽減するため、虚子は有力同人に「予選」をさせていました。虚子先生から予選を任されることを名誉と思う人もいたのでしょうけれど、独立心の強い秋櫻子は、虚子が「誰々は作句に比して選の方はまずい。また誰々は句はさほどではないが、選は確かなものである」（『高濱虚子――並に周囲の作者達』）と評することに不満を持っていたのです。

その秋櫻子も主宰誌『馬酔木』の選者でした。秋櫻子は「馬酔木の選句には時間を惜しまず、少しでも新しい萌芽を発見すれば、それを育ててゆくことに努力した。けれど俳壇の大勢は全くホトトギスによって抑えられ、ホトトギスに拠らざるものは殆ど認められない。いかに新しい句風をつくり出しても、花鳥諷詠を題目のように唱えている人々の眼をさますことは出来ないのであった」（前掲書）と記しています。

句会の互選

虚子や秋櫻子は指導的な立場の選者であったわけですが、句会では仲間同士の互選（指導者以外のメンバーが互いの句を選び合うこと）というものがあります。一生懸命に選をすればよいのですが、ともすれば自分の句が先生の選にとられることばかりが気になって、互選が疎かになる傾向があるようです。このことについて虚子は「諸君は、私の選に入ることばかり考えずに、もっと広くお互いの選に入ることをも考えていただきたい。誰がどんな句をとったかということは、大変興味あることですよ」(昭八・八・十一、赤星水竹居『虚子俳話録』より)と苦言を呈しています。

虚子は互選の重要さを説いています。また、虚子ほどの俳人でも自分の句の評価は難しく、虚子もまた句会での弟子たちの選に自分の句が入るかどうかを気にしました。

私も諸君の選を参考にする時があります。自分の句は作った当座は分らないことがありますよ。この句は出来たなと思う句が諸君の選に入らない。考えて見るとなるほどこういうところに欠点があるのだと思うことがあります。(『俳談』昭九・四)

自分の句を自分で評価することの難しさは虚子の言う通りです。一方で「或る水準以上の句は、水準以上の人でなければ選むことが出来ない」（昭二十四・六『立子へ抄』）という言葉も重い。選句というものはこれほど奥が深い。俳句の面白さのかなりの部分は「選句」にあるといっても過言ではないのです。

●「選は創作なり」

選句に対する虚子のこだわりは「選は創作なり」という言葉に集約されています。選者としての虚子のモットーは、想像力を働かせて句を深く読み込むことでした。

私が人の句を選むときに、自分の主観を働かし過ぎて思いやりがあり過ぎるという説があるが、それは首肯しない。けれど作者の意識しないでいることを私が解釈していることはあるでしょう。「選は創作なり」というのはそこのことですよ。（昭九・五『俳壇』）

「句を選まぬ親切」

虚子は一見平凡な句でも、深く読み込んでとるといいますが、その一方で、句をとらないこと（捨てること）の大切さについても語っています。

私は他の多くの人が選んだ句を独り選ばない場合が多い。そういう場合にその人は私に感謝の言葉をよせたことを余り聞かない。が、実はその場合こそ私の選を信頼して私に感謝の辞をよせるべきかとも思う。価値がない、少くとも価値の少ない句を選んでその人に安易な満足感を与えるほど、その人に対する不親切はないと思う。（中略）句を選まないということの親切が分るようになれば一人前である。（『玉藻』昭十七・四、『立子へ抄』）

おしまいに、虚子が自身の選句の考え方を端的に述べた文章を引用します。

> 思想の上からは大概なものは採る。非常に憎悪すべきものは採らない。
>
> 措辞の上からは最も厳密に検討する。
>
> 材料の複雑と単純、といふことになると比較的単純なものを採る。俳句本来の性質として単純に叙して複雑な効果を齎（もたら）すものを尊重する。
>
> 斬新なるものをもとより喜ぶが、斬新ならんとして怪奇なるものは唯笑つてこれを棄てる。
>
> 陳腐なものはもとより好まぬが、併（しか）しその中に一点の新し味を存すれば之（こ）れを採る。材料は殆ど同じものであつても、措辞の上に一日（いちじつ）の長（ちょう）あれば喜んでこれを採る。
>
> 老練な作家の句は標準を高くして選む、幼稚なる作家の句は標準を低くして選む。
>
> 併しいづれも俳句であるといふ点に重きを置く。
>
> 斯（かく）の如くして毎月数千の句を発表するのであるが、悉く其等の句は金玉（きんぎょく）の名句で

あるといふことは出来ない。

特に推賞に価（あたい）する句は少数に過ぎない。他の多くは其等峻峰（しゅんぽう）を取囲んだ高低様々の山々である。

さういふ風にして教育して居る中に低い山もやうやく高い山となり、又その中に一峻峰を見出すことが出来るようになる。歳々年々斯の如き形態を執つて進んで行くうちに幾多の俊秀を見出す事が出来る。（『玉藻』昭二十七・十一、『俳句への道』）

俳句は作って面白く、読んで面白い。選句も面白い。その上に、誰がどんな句を選ぶかという興味を持って眺めると句会はさらに面白くなります。

選者としては、選句は本当に難しく、悩ましい。それに輪をかけて自選は難しい。そんなことも含め、先生の選にとられたかどうかという結果だけに一喜一憂するのではなく、「選句」そのものを積極的に面白がることをおすすめします。

主な参考・引用文献

- 岸本尚毅・夏井いつき『「型」で学ぶ　はじめての俳句ドリル』（祥伝社）
- 高濱虚子選『ホトトギス雑詠選集』（朝日文庫）
- 『完訳日本の古典　第55巻　芭蕉文集　去来抄』（小学館）
- 『波多野爽波全集　第三巻』（邑書林）
- 『虚子俳句問答・上・理論編』（角川書店）
- 『虚子俳句問答・下・実践編』（角川書店）
- 『許六　去来　俳諧問答』（岩波文庫）
- 高濱虚子『俳句の作りよう』（角川ソフィア文庫）
- 堀切実編注『蕉門名家句選　上・下』（岩波文庫）
- 島津忠夫訳注『百人一首』（角川ソフィア文庫）
- 『定本　高濱虚子全集』（毎日新聞社）
- 赤星水竹居『虚子俳話録』（講談社学術文庫）
- 『武蔵野探勝』（有峰書店新社）
- 『現代俳句文学全集　第六巻　高濱虚子集』（角川書店）
- 『覚えておきたい芭蕉の名句200』（角川ソフィア文庫）
- 『覚えておきたい虚子の名句200』（角川ソフィア文庫）
- 山本健吉『定本 現代俳句』（角川選書）
- 岸本尚毅『十七音の可能性』（角川俳句ライブラリー）
- 『天の川銀河発電所』（左右社）
- 高浜虚子編『新歳時記　増訂版』（三省堂）
- 藤田湘子『新版 20週俳句入門』（角川俳句ライブラリー）
- 水原秋櫻子『高濱虚子 並に周囲の作者達』（講談社文芸文庫）
- 高濱虚子『俳談』（岩波文庫）
- 高濱虚子『立子へ抄』（岩波文庫）
- 高濱虚子『俳句への道』（岩波文庫）
- 高濱虚子『進むべき俳句の道』（角川ソフィア文庫）

ひらめく！作れる！俳句ドリル

令和3年6月10日　初版第1刷発行
令和4年3月10日　　　　第3刷発行

著　者　岸本尚毅
　　　　夏井いつき

発行者　辻　浩明
発行所　祥伝社
〒101-8701
東京都千代田区神田神保町3-3
☎03(3265)2081(販売部)
☎03(3265)1084(編集部)
☎03(3265)3622(業務部)

印　刷　堀内印刷
製　本　積信堂

ISBN978-4-396-61759-2 C0095
祥伝社のホームページ・www.shodensha.co.jp

本書でも使った
『ホトトギス雑詠選集』
とは!?

キシモト博士や
ナツイ組長の
句帳ものぞける!?

題詠の練習法と
「取り合わせクイズ」

『「型」で学ぶ　はじめての俳句ドリル』

岸本尚毅
夏井いつき

ふたりの掛け合い問答で
「穴埋め式岸本ドリル」を
明快解説！

主な内容

1 入門書の入門
2 型の大切さ
3 発想法
4 上達の秘訣

祥伝社